MW00736650

EL LIBRO DE LAS CRIATURAS QUE DUERMEN A NUESTRO LADO

Colección EL TALLER DEL ESCRITOR

Director: Edgardo Russo

Cómo se escribe una novela
— Leopoldo Brizuela y Edgardo Russo
Cómo se escribe un cuento
— Leopoldo Brizuela
Cómo se escribe un poema (Lenguas extranjeras)
— Daniel Freidemberg y Edgardo Russo
Cómo se escribe un poema (Español y portugués)
— Daniel Freidemberg y Edgardo Russo
Cómo se escribe la carta de amor
— Edgardo Russo y Diego D'Onofrio
Cómo se escribe el diario íntimo
— Alan Pauls
Para leer sin parar. Antología del lector joven
— Susana Cella
Los escritores de los escritores
— Luis Chitarroni

Serie DOCUMENTOS

El libro de las criaturas que duermen a nuestro lado
— Arturo Carrera y Teresa Arijón
El libro de los testamentos
— Liliana Viola

EL LIBRO DE LAS CRIATURAS QUE DUERMEN A NUESTRO LADO

ARTURO CARRERA - TERESA ARIJON

860-3(82) CAR

Carrera, Arturo
El libro de las criaturas que duermen a nuestro lado / Arturo Carrera y Teresa Arijón. - 1a. ed. - Buenos Aires: El Ateneo, 1997.
260 p.; 23 × 16 cm. (Taller del escritor - Documentos)

ISBN 950-02-8481-2

I. Arijón, Teresa. - II. Título - 1. Narrativa Argentina

Diseño de tapa: **el bloque -CWG-**
Ilustración: **Henri de Toulouse-Lautrec, *Le lit,* 1892.**

Librería, Editorial e Inmobiliaria.
Fundada en 1912 por don Pedro García.

Librería: *Casa matriz*: Florida 340 - (1005) Buenos Aires, República Argentina.
Tel.: 325-6801/06 - Libro/Fax: 325-6807.
Editorial: Patagones 2463 - (1282) Buenos Aires, República Argentina.
Tel.: 942-9002/9052/9102/9152 - Fax: 942-9162.
Internet: http://www.ateneo.com

Impreso en T. G. COLOR EFE,
Paso 192, Avellaneda, Buenos Aires,
el 5 de diciembre de 1997.
Tirada: 3.000 ejemplares.

IMPRESO EN LA ARGENTINA

INDICE

PROLOGO

Anthony Burgess, vía Tácito, refiere que las tribus germánicas de hace dos mil años solían disponer no sólo a los bebés sino a los ancianos en cunas suspendidas entre los árboles porque, según ellos, los muy jóvenes y los muy viejos representaban a la vez una carga y un tesoro. Dormir, antes que soñar, es esa permanencia que nos sostiene en un paraíso donde todo se vuelve valorable y donde todo, al mismo tiempo, es una fuente de energía que no nos salva, como las sensaciones.

Como una imperceptible continuación de nuestro libro *Teoría del cielo*, cuyo eje temático fue una metáfora de lo biográfico, *El libro de las criaturas que duermen a nuestro lado* intenta revisitar una de las actividades más revolucionarias de la vida: el dormir. Para tal fin, en un campo de cuya amplitud da cuenta constantemente el infinito, reunimos textos clásicos[1] en los que la acción de dormir permanece cifrada en poemas, cuentos y pequeños ensayos cuya incompletud subraya el modo enigmático, esencialmente poético, de esa actividad que Borges definió como "el trabajo estético más antiguo".

1. "Creo que no necesito justificarme si empleo el término 'clásico' sin hacer distingos de antigüedad, de estilo, de autoridad. Lo que para mí distingue al clásico es tal vez sólo un efecto de resonancia que vale tanto para una obra antigua como para una moderna, pero ya ubicada en una continuidad cultural. Podríamos decir: *un clásico es un libro que está antes que otros clásicos; pero quien haya leído primero los otros y después lea aquél, reconoce enseguida su lugar en la genealogía.*" Italo Calvino, *Por qué leer a los clásicos* (Tusquets Editores, Barcelona, 1991).

¿No es lícito advertir al lector sobre la inevitable discontinuidad en la eficacia de las traducciones, dado que no pudimos abarcar la variedad de idiomas ni tuvimos acceso a todos los originales? A modo de disculpa e intercambio desigual de dones, ofrecemos una pinacoteca invisible que estimule al curioso en todo caso por la evocación y el vértigo repetitivo de los títulos: "La cama", "Los ojos cerrados", "Los durmientes", "Conejito dormido", "La siesta".

Lo que otros escribieron sobre la acción de dormir fue para nosotros una especie de tierra de Yunan, ese recóndito lugar que hoy cubren las aguas y del que afirma al-Qazwini: "si alguien tenía allí una idea o meditaba sobre algo, jamás lo olvidaba, y también recordaba espontáneamente cosas durante mucho tiempo olvidadas".

Arturo Carrera - Teresa Arijón

Nota bene:
los autores agradecen las sugerencias y el cordial estímulo de Aurora Bernárdez, Teddy Paz y Jacobo F. J. Stuart.

1. LA TENUIDAD DEL MIRAR DORMIR

Los que duermen habitan mundos separados; los que están despiertos, el mismo.

Heráclito

El derecho de soñar

A falta de poder indicar en un breve artículo todos los movimientos de un espacio que disminuye o crece sin cesar, que sin cesar busca lo minúsculo y lo infinito, marquemos en conjunto la sístole y la diástole del espacio nocturno en torno al centro de la noche.

*

No bien entramos en el sueño el espacio se amortigua y se duerme, se duerme poco antes que nosotros mismos perdiendo sus fibras y sus nexos, perdiendo sus fuerzas de estructura, sus coherencias geométricas. El espacio en que vamos a vivir nuestras horas nocturnas ya no tiene lejanía. Es la síntesis muy cercana de las cosas y de nosotros mismos. Si soñamos con un objeto entramos en él como se entra en una valva. Nuestro espacio onírico tiene siempre un coeficiente central. A veces, en nuestros sueños de vuelo, creemos llegar muy alto, pero entonces no somos sino un poco de materia voladora. Y los cielos que escalamos son cielos muy íntimos: son deseos, esperanzas y orgullos. Estamos demasiado asombrados del extraordinario viaje para hacer de él la ocasión de un espectáculo. Seguimos siendo el centro mismo de nuestra experiencia onírica. Si brilla un astro, quien se estrella es el durmiente: un pequeño destello sobre la retina dormida dibuja una constelación efímera, evoca el recuerdo confuso de una noche estrellada.

Precisamente, nuestro espacio dormido deviene con gran rapidez la autonomía de nuestra retina en que una química minúscula despierta mundos. Así, el espacio onírico tiene como fondo un velo, un velo que se ilumina de suyo, por raros instantes, en instantes que devienen más raros y más fugitivos a medida que la noche penetra más profundamente en nuestro ser. Velo de Maia no arrojado en absoluto sobre el mundo, sino arrojado sobre nosotros mismos por la noche bienhechora, velo de Maia apenas del tamaño de un párpado. ¡Y qué densidad de paradojas cuando imaginamos que ese párpado, que ese velo límite pertenece a la noche tanto como a nosotros mismos! Parecería que el durmiente participara de una voluntad de ocultamiento, de la voluntad de la noche. De allí hay que partir para comprender el espacio onírico, el espacio hecho de esenciales envolturas, el espacio sometido a la geometría y a la dinámica de lo envolvente.

Entonces los ojos tienen por sí mismos una voluntad de dormir, una voluntad pesada, irracional y schopenhaueriana. Si los ojos no participan en esa voluntad universal de sueño, si los ojos recuerdan las claridades del sol y los colores minuciosos de las flores, el espacio onírico no ha conquistado su centro. Conserva demasiadas lejanías, es el espacio roto y turbulento del insomnio. Permanece en él la geometría del día, una geometría que sin duda detenta sus nexos y en consecuencia deviene burlona, falsa y absurda. Y los sueños y las pesadillas están entonces tan lejos de las verdades de la luz como de la gran sinceridad nocturna. Para dormir bien hay que seguir la voluntad de envolvimiento, la voluntad de crisálida, seguir hasta su centro, en la suavidad de las espirales bien enroscadas, el movimiento envolvente: en pocas palabras el esencial devenir curvo, circular, huyendo de los ángulos y las aristas. Los símbolos de la noche son regidos por las formas ovoides. Todas esas formas oblongas o redondas son frutos adonde vienen a madurar embriones.

Si dispusiéramos de espacio, tras el relajamiento de los ojos describiríamos aquí el relajamiento de las manos que también se niegan a los objetos. Y cuando hubiéramos recordado que toda la dinámica específica del ser humano es digital, habría que convenir en que el espacio onírico se desata cuando el nudo de los dedos se deshace.

(...)

Desembarazado de los mundos lejanos, de las experiencias telescópicas, devuelto por la noche íntima y concentrada a una existencia primitiva, el ser humano, en su sueño profundo, encuentra el espacio carnal formador. Tiene los mismos sueños de sus órganos: su cuerpo vive en la simplicidad de los gérmenes espaciales reparadores, con una voluntad de restituir las formas fundamentales.

Entonces renacerá todo: la cabeza y la fibra, la glándula y el músculo, todo lo que se hincha, todo lo que se estira. Los sueños serán aumentadores. Si se sueña con una dimensión, la dimensión crece; las dimensiones enroscadas se enderezan. En lugar de espirales, he aquí unas flechas con punta de agresividad. El ser despierta hipócritamente...

Gastón Bachelard

Fuegos

Nos acordamos de nuestros sueños, pero no recordamos nuestro dormir. Tan sólo dos veces penetré en esos fondos, surcados por las corrientes, en donde nuestros sueños no son más que restos de un naufragio de realidades sumergidas. El otro día, borracha de felicidad como una se emborracha de aire al final de una larga carrera, me eché en la cama a la manera del nadador que se lanza de espaldas, con los brazos en cruz: caí en un mar azul. Adosada al abismo como una nadadora que hace el muerto, sostenida por la bolsa de oxígeno de mis pulmones llenos de aire, emergí de aquel mar griego como una isla recién nacida. Esta noche, borracha de dolor, me dejo caer en la cama con los gestos de una ahogada que se abandona: cedo al sueño como a la asfixia. Las corrientes de recuerdos persisten a través del embrutecimiento nocturno, me arrastran hacia una especie de lago Asfaltita. No hay manera de hundirse en este agua saturada de sales, amarga como la secreción de los pájaros. Floto como la momia en su asfalto, con la aprensión de un despertar que será, a lo sumo, un sobrevivir. El flujo y el reflujo del sueño me hacen dar vueltas, a pesar mío, en esta playa de batista. A cada momento, mis rodillas tropiezan con tu recuerdo. El frío me despierta, como si me hubiera acostado con un muerto.

Marguerite Yourcenar

Escrutar

A veces una idea se apodera de mí: me pongo a escrutar largamente el cuerpo amado (como el narrador ante el sueño de Albertina). *Escrutar* quiere decir *explorar:* explorar el cuerpo del otro como si quisiera ver lo que tiene dentro, como si la causa mecánica de mi deseo estuviera en el cuerpo adverso (soy parecido a esos chiquillos que desmontan un despertador para saber qué es el tiempo). Esta operación se realiza de una manera fría y asombrada; estoy calmo, atento, como si me encontrara ante un insecto extraño del que bruscamente *ya no tengo miedo.* Algunas partes del cuerpo son particularmente apropiadas para esta *observación*: las pestañas, las uñas, el nacimiento de los cabellos, los objetos muy parciales. Es evidente que estoy entonces en vías de fetichizar a un muerto. La prueba de ello es que, si el cuerpo que yo escruto sale de su inercia, si se pone *a hacer algo*, mi deseo cambia; si, por ejemplo, veo al otro *pensar*, mi deseo cesa de ser perverso, vuelve a hacerse imaginario, y regreso a una Imagen, a un Todo: una vez más, amo.

Roland Barthes

Todo

¿Cómo expresar lo que me ocurría? Era como un salvaje al que, de pronto, le revelan que el mundo en que se mueve, entre hoguera y choza, entre amanecer y ocaso, entre caza y comida, es también el mundo que lleva millones de años de existencia y que un día se acabará, que ocupa un lugar insignificante entre muchos sistemas solares y que gira a gran velocidad sobre sí mismo y al mismo tiempo alrededor del sol. De pronto descubrí que mis circunstancias eran otras, las mías y las del niño al que en determinado momento, a principios o mediados de noviembre, tocaría su turno de vivir, exactamente como me había tocado a mí y como había tocado a todos los que me habían precedido.

¡Es difícil imaginar toda esta ascendencia! Es como si antes de dormir uno quisiera imaginarse todos los corderos blancos y todos los corderos negros (uno blanco, uno negro, uno blanco, uno negro, y así sucesivamente), idea que unas veces nos atonta y nos da sueño, y otras puede excitarnos y desvelarnos. Jamás he podido dormir según esta receta, a pesar de que Hanna, que la tiene de su madre, asegura que es mejor que un calmante. Quizás haya muchos para quienes resulte tranquilizador pensar en la siguiente cadena: Y Sem engendró a Arpachsad. Cuando Arpachsad tenía treinta y cinco años engendró a Selah. Y Selah engendró a Heber. Y Heber a Peleg. Cuando Peleg tenía treinta años engendró a Regú, Regú a Serug y Serug a Nahor, y todos tuvieron además muchos hijos e hijas, y los hijos engendraron también hijos, o sea que Nahor engendró a Tharah y éste a Abraham, a Nahor y a Harán. Probé un par de veces a pensar en este proceso. Pero a cada cual sólo le toca una vez el turno para el juego que encuentra organizado y que tiene obligación de continuar.

Ingeborg Bachmann

El dormir, la noche

¿Qué pasa durante la noche? En general dormimos. Por el dormir, el día se sirve de la noche para borrar la noche. Dormir pertenece al mundo, es una tarea, dormimos de acuerdo con la ley general que hace depender nuestra actividad diurna del reposo de nuestras noches. Llamamos al sueño, y viene; entre él y nosotros hay un pacto, un tratado sin cláusulas secretas, y gracias a esta convención queda entendido que, lejos de ser una peligrosa fuerza hechicera, domesticada, se hará el instrumento de nuestro poder de actuar. Nos entregamos a él, pero como el dueño se confía al esclavo que le sirve. Dormir es la acción clara que nos promete el día. Dormir, notable acto de nuestra vigilancia. Dormir profundamente es lo único que nos hace escapar de lo que hay en el fondo del dormir. ¿Dónde está la noche? No hay más noche.

Dormir es un acontecimiento que pertenece a la historia, así como el descanso del séptimo día pertenece a la creación. La noche, cuando los humanos la transforman en un puro dormir, no es ya una afirmación nocturna. Yo duermo, la soberanía del "yo" domina esta ausencia que ella se concede y que es su obra. Duermo, soy yo quien duerme y ningún otro, y los hombres y mujeres de acción, los grandes hombres y mujeres históricos están orgullosos de su dormir perfecto, del que se levantan intactos. Por eso en el ejercicio normal de nuestra vida el hecho de dormir, que a veces nos asombra, no es de ningún modo un escándalo. La capacidad de retirarnos del ruido cotidiano, de la preocupación cotidiana, de todas las cosas, de nosotros e incluso del vacío, es el signo de nuestro dominio, una prueba completamente humana de nuestra sangre fría. Hay que dormir es la consigna que se da la conciencia, y este mandato de renunciar al día es una de las primeras reglas del día.

El dormir transforma la noche en posibilidad. Cuando llega la noche la vigilancia consiste en dormir. Quien no duerme, no puede permanecer despierto. La vigilancia consiste en no velar siempre porque busca el *despertar* como su esencia. El vagabundeo nocturno, la inclinación a errar cuando el mundo se atenúa y se aleja, y hasta los oficios de la noche que es necesario ejercer honestamente, atraen las sospechas. Dormir con los ojos abiertos es una anomalía que indica simbólicamente lo que la conciencia común desaprueba. La gente que duerme mal siempre parece más o menos culpable: ¿qué hacen? Hacen la noche presente.

El hecho de dormir, decía Bergson, es desinterés. Dormir es, tal vez, desatención del mundo, pero esta negación del mundo nos conserva el mundo y afirma el mundo. Dormir es un acto de fidelidad y de unión. Me confío a los grandes ritmos naturales, a las leyes, a la estabilidad del orden: durmiendo realizo esta confianza, afirmo esta fe. Es una unión, en el sentido patético del término: me uno, no como Ulises, al mástil por lazos de los que luego quisiera liberarme, sino por una adhesión que expresa el acuerdo sensual de mi cabeza con la almohada, de mi cuerpo con la paz y la felicidad de la cama. Me retiro de la inmensidad y la inquietud del mundo, pero para entregarme al mundo, manteniéndome gracias a mi "unión" en la verdad segura de un lugar limitado y firmemente circunscripto. Dormir es ese interés absoluto por el cual me aseguro del mundo a partir de su límite y, tomándolo por su aspecto finito, lo sostengo con bastante fuerza como para que permanezca, me tranquilice y pueda descansar. Dormir mal es, justamente, no poder encontrar su propia posición. El que duerme mal se vuelve y se revuelve en la búsqueda de ese lugar verdadero del que sabe que es único, y que sólo en ese punto el mundo renunciará a su inmensidad errante. El sonámbulo es sospechoso porque es aquel que no encuentra reposo durmiendo. A pesar de estar dormido no tiene un lugar y podríamos decir que tampoco tiene fe. Le falta la sinceridad fundamental, o más simplemente, a su sinceridad le falta la base: esa posición de sí mismo que también es reposo, donde se afirma en la firmeza y la fijeza de su ausencia convertida en su apoyo. Bergson veía, detrás del dormir, la totalidad de la vida consciente menos el esfuerzo de concentración. Dormir es, por lo contrario, la intimidad con el centro. No estoy disperso sino enteramente concentrado en el lugar donde estoy, en ese punto que es mi posición y donde el mundo, por la firmeza de mi adhesión, se localiza. Allí donde duermo, me fijo y fijo el mundo. Allí está mi persona, sin poder errar, no ya inestable, dispersa y distraída, sino concentrada en la estrechez de ese lugar donde el mundo se recoge, que afirmo y me afirma, punto donde él está presente en mí y yo ausente en él por una unión esencialmente extática. Allí donde duermo, mi persona no sólo está situada sino que es el sitio mismo, y el hecho de dormir es el hecho de que ahora mi residencia es mi ser.

Es verdad que, cuando duermo, pareciera que me encierro en mí, en una actitud que recuerda la felicidad ignorante de la primera infancia. Es posible, y no obstante no es sólo a mí que me confío, no me apoyo contra mí mismo sino contra el mundo convertido en la intimidad y el límite de mi reposo. Normalmente dormir no es una debilidad, el abandono desalentado del punto de vista viril. Dormir significa que en un momento dado para actuar hay que dejar de actuar, que en un momento dado, bajo pena de perderme en el vagabundeo, debo sostenerme, debo transformar la inestabilidad de los posibles en un solo punto donde me detengo, contra el cual me establezco y me restablezco.

La existencia vigilante no se deshace en este cuerpo dormido cerca del cual las cosas permanecen; se retira de la lejanía que es su tentación, regresa a la afirmación primordial que es la autoridad del cuerpo, no separado, sino plenamente de acuerdo con la verdad del lugar. Asombrarse de volver a encontrar todo al despertar es olvidar que nada es más seguro que dormir, que el sentido del dormir es precisamente ser la existencia vigilante concentrándose sobre la certeza, remitiendo todas las posibilidades errantes a la fijeza de un principio y saciándose de esa certeza, de tal modo que a la mañana lo nuevo pueda acogerla, que un nuevo día pueda comenzar.

Maurice Blanchot

El emblema para conocer quién duerme

–En Ora Serrata Retinae *hay muchos poemas sobre el dormir...*

–En este libro había muchos poemas sobre la escritura, sobre la visión –que para mí eran un poco una reflexión sobre la enfermedad– y sobre todo muchos poemas sobre el dormir; tanto es así que al comienzo los primeros títulos del libro giraban en torno al tema del dormir. Yo tenía una idea de algo así como *Diccionario del dormir.*

–¿Qué otros títulos estaban en juego?

–Eran muchos. Yo cada vez que escribo un libro tengo casi veinte títulos en juego y después me los olvido. Lo que sí me acuerdo es que muchos giraban en torno al tema del dormir, yo quería un libro sobre el dormir. Y, por lo tanto, nuevamente estaba allí la idea de la cama, estar acostado en la cama. Nuevamente, un poco de biografía, aunque también había hecho lecturas en torno al tema, por ejemplo Proust. Cuando se habla de Proust, se habla siempre de psicología, pero hay una parte de Proust muy material. Proust tiene hermosas páginas sobre el dormir, no sobre el soñar. Después abandoné esta idea del dormir para pasar a la visión. Recuerdo ahora una historia muy linda. El primer poema del libro habla del dormir. Sucedió una cosa extraordinaria. Este poema, en un primer momento, era mucho más banal. Yo en un verso decía "E il sogno si alarga nel sonno" ("Y el sueño se ensancha en el dormir"). Después aparecieron las pruebas de galera y en vez de "sogno" la palabra se había vuelto "sonno". Yo estaba por cambiarlo y me dije "no, esto tiene que quedar así". Fue una señal. A veces me doy cuenta de que mi poesía está llena de referencias, y esto me gusta mucho. Porque allí yo pensaba en otro autor que estudié mucho, y que es Duchamp. El primer libro que leí fue *Marcel Duchamp o el castillo de la pureza*, de Octavio Paz. Ahí se relata cuando "El Gran Vidrio", en un traslado, se rompe, y entonces Duchamp decide dejarlo así, roto. Para mí eso significó como una pequeña llamada de atención, una cita. Todo esto para decir qué grande era mi obsesión con el dormir. Una vez más: el dormir como tema físico, de transformación. Más tarde leí cosas hermosísimas de Paul Valéry sobre el dormir: "Dormir y estar despierto son dos dimensiones absolutamente diferentes". Valéry llega a decir que son dos "geometrías" diferentes, como pasar de la geometría euclidiana a la no euclidiana.

(Valerio Magrelli, entrevistado por Guillermo Piro y D. G. Helder, agosto de 1996.)

El milagro del reposo...

El milagro del reposo se produce de nuevo,
la atenta postura de las piernas,
el cuidado de la fatiga que esparce
los miembros por tierra, en gestos sellados.
Es el teatro metafísico del lecho
que esconde absortos bajorrelieves:
un hombre corre y una mujer alza la mano
para saludar al que pasa por un sueño.
En las regiones de la noche se desanuda
la compleja mecánica del abandono.
Es una danza ritual que une
los límites del sueño, es el sueño mismo
donde la carne se hace idea.
Ahora la soledad del brazo
se hace palabra, en la línea
trazada a lo largo del lecho como un sendero.

Así se alterna la respiración de la vida
según un ritmo vegetal
y en el silencio de la mente
sus raíces de hueso cantan,
y en la oscuridad del ojo
la mano se hace pupila.

Valerio Magrelli

Mi madre tenía un don

Mi madre tenía un don: en plena noche podía poner a tiempo el reloj cuando éste se había parado. En respuesta a su silencio (en lugar del tic-tac), por el que probablemente se había despertado, movía las manecillas en la oscuridad, sin ver. En la mañana el reloj indicaba *eso*, precisamente esa hora absoluta que nunca consiguió el desdichado monarca que contemplaba tantos cuadrantes contradictorios y escuchaba tantos sonidos encontrados.

El reloj indicaba *eso*.

La condición creativa es una condición de sueño, como cuando tú, de repente, obedeciendo a una necesidad desconocida, incendias una casa o empujas desde lo alto de una montaña a un amigo. ¿Es una acción tuya? Evidentemente –sí (tú duermes, tú *ves* en sueños). Tuya –realizada en plena libertad; tuya –sin participación de la conciencia; tuya –de la naturaleza.

Una serie de puertas, detrás de una de ellas alguien –algo– (con frecuencia aterrador) te espera. Las puertas son iguales. Esta no –ésta no– *aquélla*. ¿Quién me lo dijo? Nadie. Reconozco la puerta que necesito por todas las que no reconozco (la correcta – gracias a todas las incorrectas). Lo mismo ocurre con las palabras. Esta no –ésta no– *aquélla*. Por la evidencia de la que no es, reconozco la que es. El familiar (para cualquiera que duerma, que escriba) –*golpe del reconocimiento*. ¡Oh, al durmiente no lo engañas! Conoce al amigo y al enemigo, conoce la puerta y el abismo que está detrás de la puerta –y a todo esto: al amigo, al enemigo, a la puerta, al abismo, está condenado. El durmiente no puede ser engañado ni siquiera por sí mismo. En vano me digo: no entraré (por la puerta), no miraré (a través de la ventana) –sé que entraré y que aun cuando esté diciendo no miraré, estaré mirando.

¡Oh, el durmiente no puede ser salvado!

Marina Tsvetaieva

Cobertor

"Los cobertores del sueño suelen ser particularmente agradables durante los largos momentos de pereza" (Sseu Tchouan, *El libro de la pereza*, China, edad de gloria). Los cobertores del sueño están hechos con un brazo, con dos brazos, con una pierna, con una cabeza, con un muslo, con un pie, con todas estas partes del cuerpo de la amante juntas, y todavía más.

Monique Wittig-Sande Zeig

Pláticas con Sri Ramana Maharshi

–Los difuntos están ciertamente felices. Se libraron de esta problemática excrecencia que es el cuerpo. El difunto no se aflige. Son los deudos los que se afligen por el que murió. Los seres humanos tienen miedo de dormirse. Por el contrario, al sueño se lo busca y, al despertar, decimos que dormimos felizmente. Uno prepara su cama para dormir profundamente. El sueño es una muerte temporaria. La muerte es más prolongada que el sueño.

–¿Usted piensa en Dios cuando está dormida?

–Pero el sueño es un estado de modorra.

–Si Dios es real, El deberá seguir siéndolo siempre. Cuando usted está dormida o en vigilia sigue siendo precisamente la misma. Si Dios es tan verdadero como el Yo de usted, entonces Dios deberá existir en el sueño al igual que el Yo. Ese pensamiento sobre Dios sólo surge en el estado de vigilia. ¿Quién piensa ahora?

–Soy yo quien piensa.
–¿Quién es este "yo"? ¿Quién dice esto? ¿El cuerpo?
–El que habla es el cuerpo.
–El cuerpo no habla. Si hablara, ¿habló cuando estaba dormido? ¿Quién es este yo?
–Yo dentro del cuerpo.
–¿Usted está dentro del cuerpo o fuera de él?
–Con seguridad, yo estoy dentro del cuerpo.
–¿Usted sabe que lo está cuando usted está dormida?
–Permanezco en mi cuerpo también cuando estoy dormida.
–¿Usted es consciente de que está dentro del cuerpo cuando se halla dormida?
–El sueño es un estado de modorra.
–El hecho es éste: usted no está dentro ni fuera. El sueño es el estado natural del ser.
–Entonces, el sueño debe ser un estado mejor que éste.
–No hay un estado superior ni inferior. Cuando usted está dormida, soñando o en vigilia, usted es la misma. El sueño es un estado de felicidad; no hay aflicción. Las sensaciones de carencia y dolor sólo surgen en el estado de vigilia. ¿Cuál es el cambio que ha tenido lugar? Usted es la misma en ambos casos, pero hay una diferencia en cuanto a la felicidad. ¿Por qué? Porque ahora ha surgido la mente. Esta mente surge después del pensamiento del "yo". El pensamiento del "yo" surge de la conciencia. Si uno se mantiene en la conciencia, es siempre feliz.
–El estado de sueño es el estado en el que la mente está quieta. Lo considero un estado peor.
–Si eso fuera así, ¿por qué todos desean dormir?
–Es el cuerpo el que, cuando está cansado, se va a dormir.
–¿El cuerpo duerme?
–Sí. Ese es el estado en el que se repara el desgaste del cuerpo.
–Dejémoslo así. Pero, ¿el cuerpo está dormido o despierto? Usted misma ha dicho recién que la mente está quieta durante el sueño. Los tres estados son de la mente. El alma permanece incontaminada. Ella es lo que queda después de haber atravesado los tres estados. La vigilia pasa, y yo soy; pasa el estado onírico, y yo soy; pasa el estado de sueño, y yo soy. Se repiten, pero yo soy. Se parecen a las imágenes que se mueven en la pantalla de un cine. No afectan a la pantalla. Del mismo modo, yo permanezco inafectado aunque esos estados pasen. Si eso es

del cuerpo, ¿usted es consciente del cuerpo cuando está dormida?

–No.

–Si el cuerpo no sabe que está allí, ¿cómo podrá decirse que el cuerpo está en el acto de dormir?

–Porque sigue allí después de que despertamos.

–La sensación del cuerpo es un pensamiento; el pensamiento es de la mente, la mente surge después del pensamiento del "yo", y el pensamiento del "yo" es el pensamiento raíz. Si se domina eso, desaparecerán todos los otros pensamientos. Entonces no habrá cuerpo, ni mente, ni siquiera ego.

–Entonces, ¿qué quedará?

–El Yo en su pureza.

(Plática entre Ramana Maharshi y una Maharaní saheba, 29 de agosto de 1936.)

–¿Cómo sabe usted que existe?

–Porque pienso, siento, veo...

–De modo que quiere decirme que de aquello infiere su existencia. Además, cuando usted está dormido no hay sensaciones ni pensamientos, pero está el ser.

–Sin embargo, no es así. Yo no puedo decir que estuve en sueño profundo.

–¿Usted niega que existe cuando está dormido?

–Yo puedo estar o no dormido.

–Cuando usted despierta de su sueño, recuerda lo que hizo antes de quedarse dormido.

–Puedo decir que yo existía antes y después de dormir, pero no puedo decir que estuve dormido.

–¿Ahora usted dice que estuvo dormido?

–Sí.

–¿Cómo lo sabe, a menos que recuerde el estado de reposo?

–De eso no se desprende que yo existía cuando dormía. Admitir esa existencia no lleva a ninguna parte.

–¿Usted quiso decir que un hombre muere cada vez que el sueño lo vence y que resucita mientras está despierto?

–Puede ser. Sólo Dios lo sabe.

–Entonces, que venga Dios y halle solución a estos enigmas.

Si uno fuera a morir mientras duerme, temería dormirse, tal como uno teme a la muerte. Por otra parte, uno acepta el sueño de buena gana. ¿Por qué se habría de aceptar de buena gana el hecho de dormirse si no hubiera goce en ello?

–Cuando se duerme no hay un goce positivo. Aceptamos de buena gana dormirnos sólo para librarnos de la fatiga física.

–Bien, eso está bien. "Para librarse de la fatiga." Hay uno que está libre de fatiga.

–Sí.

–De modo que usted estuvo dormido y también está ahora. Fue feliz estando dormido, sin sentir ni pensar. Si el que usted es ahora es el mismo que estuvo dormido, ¿por qué no es feliz?

–¿Cómo puede decirse que la felicidad existe?

–Todos dicen: dormí feliz o dormí dichoso.

–No creo que estén en lo cierto. No hay dicha. Sólo es ausencia del dolor.

–Su ser mismo es dicha. Por eso todos dicen: yo dormí dichoso. Eso significa que uno permanece en el estado prístino incontaminado cuando duerme. En cuanto al dolor, no hay dolor. ¿Dónde está ahora el dolor para que usted pueda decir que está ausente cuando duerme?

(Plática entre Ramana Maharshi y el caballero gujerati Natverlal Parekh, 16 de diciembre de 1936.)

–¿El intelecto y la emoción, al igual que el cuerpo físico, evolucionan cuando el ser humano nace, y se disuelven o sobreviven después que muere?

–Antes de estudiar qué ocurre después de la muerte, limítese a estudiar qué le ocurre a usted cuando está dormido. El sueño es sólo el intervalo entre dos estados de vigilia. ¿Los estados de vigilia sobreviven a ese intervalo?

–Sí, sin duda.

–Lo mismo puede aplicarse a la muerte. Los estados de vigilia representan la conciencia del cuerpo y nada más. Si usted es el cuerpo, se aferran a usted. Si usted no es el cuerpo, no lo afectan. Quien antes estaba dormido está hablando ahora en estado de vigilia. Cuando usted estaba dormido no era el cuerpo. ¿Ahora es usted el cuerpo? Averígüelo y el problema se resolverá. Del mismo modo, lo que nació deberá morir. ¿De quién es el nacimiento? ¿Usted nació? Si dice que nació, ¿del nacimiento de quién está usted hablando? El cuerpo es el que nació y es el que morirá. ¿Cómo afectan el nacimiento y la muerte al Yo eterno? Piense y diga a quién le surgen esas preguntas. Entonces lo sabrá.

(Plática entre Ramana Maharshi y el señor Das, de la Universidad de Allahabad, 12 de junio de 1937.)

–¿Qué es el sueño?

–¡Caramba! Usted lo experimenta todos los días.

–Quiero saber con exactitud qué es.

–Usted, ¿cómo podrá conocer el sueño cuando está despierto? La respuesta consiste en irse a dormir y averiguar qué es.

–Pero de ese modo no lo puedo saber.

–Esa pregunta deberá formularla estando dormido.

–Pero entonces no puedo formular esa pregunta.

–Por lo tanto, eso es el sueño.

(Plática entre Ramana Maharshi y un visitante andhra, 26 de diciembre de 1937.)

Nuestro barco se desliza...

Nuestro barco se desliza sobre el río tranquilo. Más allá del vergel que bordea la ribera, miro las montañas azules y las nubes blancas.

Mi amiga dormita, con la mano en el agua. Una mariposa se ha posado sobre sus hombros, agitando las alas, y luego ha echado a volar. La he seguido con los ojos, largo tiempo. Se dirigía hacia las montañas de Tchang-nan.

¿Era una mariposa, o el sueño que acababa de soñar mi amiga?

La flauta de jade

2. DURMIENTES CERCANOS

Después de la orgía

Cuando, llena de embriaguez, se durmió, y se durmieron los ojos de la ronda, me acerqué a ella tímidamente, como el amigo que busca el contacto furtivo con disimulo.

Me arrastré hacia ella insensiblemente como el sueño; me elevé hacia ella dulcemente como el aliento.

Besé el blanco brillante de su cuello; apuré el rojo vivo de su boca.

Y pasé con ella mi noche deliciosamente, hasta que sonrieron las tinieblas, mostrando los blancos dientes de la aurora.

Ben Suhayd

La prisionera

Por otra parte, no era sólo el mar al atardecer lo que vivía para mí en Albertina, sino a veces el mar dormido en la arena las noches de luna. Porque a veces, cuando me levantaba para ir a buscar un libro al despacho de mi padre, mi amiga, que me había pedido permiso para echarse en la cama mientras tanto, estaba tan cansada de la excursión de la mañana y de la tarde, al aire libre, que, aunque yo hubiera pasado sólo un momento fuera de mi cuarto, al volver encontraba a Albertina dormida y no la despertaba. Tendida cuan larga era, en una actitud de una naturalidad que no se podía inventar, me parecía como un tallo florido que alguien dejara allí; y así era: el poder de soñar que yo sólo tenía en ausencia suya, volvía a encontrarlo en aquellos momentos a su lado, como si, dormida, se hubiera convertido en una planta. De este modo, su sueño realizaba, en cierta medida, la posibilidad del amor: solo, podía pensar en ella, pero me faltaba ella, no la poseía; presente, le hablaba, pero yo estaba demasiado ausente de mí mismo para poder pensar. Cuando ella dormía, yo no tenía que hablar, sabía que ella no me miraba, ya no tenía necesidad de vivir en la superficie de mí mismo.

Al cerrar los ojos, al perder la conciencia, Albertina se había desprendido, uno tras otro, de aquellos diferentes caracteres de humanidad que me decepcionaron el mismo día en que la conocí. Ya no quedaba en ella más que la vida inconsciente de los vegetales, de los árboles, vida más diferente de la mía, más ajena y que, sin embargo, me pertenecía más. Ya no se escapaba su yo a cada momento, como cuando hablábamos, por las puertas del pensamiento inconfesado y de la mirada. Había recogido dentro de sí todo lo que era exteriormente; se había refugiado, encerrado, resumido en su cuerpo. Teniéndola bajo mis ojos, en mis manos, me daba la impresión de poseerla por entero, una impresión que no sentía cuando estaba despierta. Su vida me estaba sometida, exhalaba hacia mí su tenue aliento.

Escuchaba el murmullo de aquella emanación misteriosa, dulce como un céfiro marino, mágica como un claro de luna, que era su sueño. Mientras éste duraba, yo podía soñar en ella, y mirarla, sin embargo, y cuando su sueño era más profundo, tocarla, besarla. Lo que yo sentía entonces era un amor tan puro, tan inmaterial, tan misterioso como si estuviera ante esas criaturas inanimadas que son las bellezas de la naturaleza. Y, en efecto, cuando dormía un poco profundamente, dejaba de ser sólo la planta que había sido; su sueño, a la orilla del cual meditaba yo con una fresca voluptuosidad de la que no me hubiera cansado jamás y que hubiera podido gustar indefinidamente, era para mí todo un paisaje. Su sueño ponía a mi lado algo tan sereno, tan sensualmente delicioso, como esas noches de luna llena en la bahía de Balbec, quieta entonces como un lago, donde apenas se mueven las ramas, donde, tendidos en la arena, escucharíamos sin fin el romper de las olas.

Al entrar en la habitación, me quedé de pie en el umbral, sin atreverme a hacer ruido, y sólo oía el de su aliento, expirando en sus labios, a intervalos intermitentes y regulares, como un reflujo, pero más suave, más leve. Y al recoger en mi oído aquel rumor divino, me parecía que, condensada en él, estaba toda la persona, toda la vida de la encantadora cautiva, allí tendida bajo mis ojos. Por la calle pasaban, ruidosamente, los carruajes, y su frente seguía tan inmóvil, tan pura, tan ligero su aliento, reducido a la simple expiración del aire necesario. Luego, al ver que no iba a turbar su sueño, avanzaba prudentemente, me sentaba en la silla que había al lado de la cama y después en la cama misma.

He pasado noches deliciosas hablando, jugando con Albertina, pero nunca tan dulces como cuando la miraba dormir. Hablando, jugando a las cartas, tenía esa naturalidad que una actriz no hubiera podido imitar; pero la naturalidad que me ofrecía su sueño era más profunda, una naturalidad de segundo grado. Le caía el cabello a lo largo de su cara rosada y se posaba junto a ella en la cama, y a veces un mechón aislado y recto producía el mismo efecto de perspectiva que esos árboles lunares desmedrados y pálidos que vemos muy derechos en el fondo de los cuadros rafaelescos de Elstir. Si Albertina tenía los labios cerrados, en cambio, tal como yo estaba situado, sus párpados parecían tan disjuntos que yo hubiera podido preguntarme si estaba verdaderamente dormida. Pero aquellos párpados entornados daban a su rostro esa continuidad perfecta que los ojos no interrumpen. Hay rostros que adquieren una belleza y una majestad inusuales a poco que les falte la mirada.

Yo contemplaba a Albertina tendida a mis pies. De cuando en cuando la recorría una agitación ligera e inexplicable, como el follaje que una brisa inesperada sacude unos instantes. Se tocaba el pelo, pero no se contentaba con esto y volvía a llevarse la mano a la cabeza con movimientos tan seguidos, tan voluntarios, que yo estaba convencido de que iba a despertarse. Nada de eso: volvía a quedarse tranquila en el no perdido sueño. Y permanecía inmóvil. Había posado la mano en el pecho con un abandono del brazo tan ingenuamente pueril que, mirándola, me tenía que esforzar por no sonreír con esa sonrisa que nos inspiran los niños pequeños, su inocencia, su gracia.

Conociendo como conocía varias Albertinas en una sola, me parecía ver reposando junto a mí otras muchas más. Sus cejas arqueadas como yo no las había visto nunca rodeaban los globos de sus párpados como un suave nido de alción. Razas, atavismos, vicios, reposaban en un rostro. Cada vez que movía la cabeza, creaba una mujer nueva, a veces insospechada para mí. Me parecía poseer no una, sino innumerables muchachas. Su respiración, que iba siendo poco a poco más profunda, le levantaba regularmente el pecho, y, encima, sus manos cruzadas, sus perlas desplazadas de diferente modo por el mismo movimiento, como esas barcas, esas amarras que el movimiento de las olas hace oscilar. Entonces, notando que su sueño era total, que no iba a tropezar con escollos de conciencia ahora cubiertos por la pleamar del sueño profundo, deliberadamente me subía sin ruido a la cama, me acostaba al lado de ella, le rodeaba la cintura con mi brazo, posaba los labios en su mejilla y sobre su corazón; después, en todas las partes de su cuerpo, mi única mano libre, que la respiración de la durmiente levantaba también, como las perlas; hasta yo mismo cambiaba ligeramente de posición por su movimiento regular: me había embarcado en el sueño de Albertina.

A veces me hacía gustar un placer menos puro. Para ello no tenía necesidad de ningún movimiento, extendía mi pierna contra la suya, como una rama que se deja caer, y a la que se imprime de cuando en cuando una ligera oscilación, parecida al intermitente batir del ala de los pájaros que duermen en el aire. Elegía para mirarla ese lado de su rostro que no se veía nunca y que tan bello era. En rigor, se comprende que las cartas que nos escribe alguien sean más o menos parecidas entre ellas y tracen una imagen bastante diferente de la persona que conocemos para que constituyan una segunda personalidad. Pero es muy extraño que una mujer esté soldada, como Rosita a Doodica, a otra mujer cuya diferente belleza hace suponer otro carácter, y que para ver a una de ellas haya que ponerse de perfil, de frente para la otra. Su respiración, ahora más fuerte, podía dar la ilusión del jadeo del placer y cuando el mío llegaba a su término podía besarla sin haber interrumpido su sueño. En aquellos momentos me parecía que acababa de poseerla más completamente, como una cosa inconsciente y sin resistencia de la muda naturaleza. No me inquietaban las palabras que a veces dejaba escapar dormida; su significado era hermético para mí y, además, aunque se dirigieran a alguna persona desconocida, era sobre mi mano, sobre mi mejilla, donde su mano, a veces animada por un leve estremecimiento, se crispaba un instante. Yo gustaba su sueño con un amor desinteresado y sedante, de la misma manera que permanecía horas escuchando el batir de las olas.

Acaso es necesario que los seres sean capaces de hacernos sufrir mucho para que, en los momentos de remisión, nos procuren esa misma calma sedante que nos ofrece la naturaleza. No tenía que contestarle como cuando hablábamos, y aunque pudiera callarme, como también lo hacía, cuando ella hablaba, de todos modos, oyéndola hablar no entraba tan profundamente en ella. Mientras continuaba oyéndola, recogiendo, de instante en instante, el murmullo, suave como una brisa imperceptible, de su puro aliento, tenía ante mí, para mí, toda una existencia fisiológica; hubiera permanecido mirándola, escuchándola, tanto tiempo como antaño permaneciera tendido en la playa bajo la luna. A veces se diría que el mar se iba encrespando, que se percibía la tempestad hasta en la bahía, y yo me acercaba más a ella para escuchar el fragor de su aliento.

A veces, cuando Albertina tenía demasiado calor, y ya casi dormida, se quitaba el kimono y lo echaba en una butaca. Mientras ella dormía, yo pensaba que todas sus cartas estaban en el bolsillo interior de aquel quimono, donde las ponía siempre. Una firma, una cita hubiera bastado para probar una mentira o disipar una sospecha. Cuando veía a Albertina profundamente dormida, me apartaba del pie de su cama, donde llevaba mucho tiempo contemplándola sin hacer un movimiento, y aventuraba un paso, presa de una ardiente curiosidad, sintiendo el secreto de aquella vida que se ofrecía, desmayada y sin defensa, en una butaca. Quizá daba aquel paso también porque mirar dormir sin movernos acaba por cansarnos. Y así, muy despacito, volviéndome continuamente para ver si no se despertaba Albertina, iba hasta la butaca. Allí me detenía, me quedaba mucho tiempo mirando el quimono como me había quedado mucho tiempo mirando a Albertina. Pero nunca (y quizá hice mal) toqué el quimono, nunca metí la mano en el bolsillo, nunca miré las cartas. Viendo que no me decidiría, acababa por retroceder a paso de lobo, volvía junto a la cama de Albertina y a mirarla dormir, a ella que no me decía nada, cuando yo estaba viendo sobre el brazo de la butaca aquel quimono que acaso me hubiera dicho muchas cosas.

Y de la misma manera que algunas personas alquilan por cien francos diarios una habitación en el hotel de Balbec para respirar el aire del mar, a mí me parecía muy natural gastar más por ella, puesto que tenía su aliento junto a mi mejilla, en mi boca, que yo entreabría sobre la suya y a la que, por mi lengua, pasaba su vida.

Pero a este placer de verla dormir, tan dulce como sentirla vivir, le ponía fin otro placer: el de verla despertar.

Marcel Proust

Revelaciones

En la noche a tu lado
las palabras son claves, son llaves.
El deseo de morir es rey.

Que tu cuerpo sea siempre
un amado espacio de revelaciones.

Alejandra Pizarnik

Lolita

La puerta del cuarto de baño iluminado estaba abierta; además, un esqueleto de luz provenía de las lámparas exteriores más allá de las persianas. Esos rayos entrecruzados penetraban la oscuridad del dormitorio y revelaban esta situación:

Vestida con uno de sus viejos camisones, mi Lolita estaba acostada de lado, volviéndome la espalda, en medio de la cama. Su cuerpo apenas velado y sus piernas desnudas formaban una Z. Se había puesto las dos almohadas bajo la oscura cabeza despeinada; una banda de luz pálida atravesaba sus primeras vértebras.

Me pareció que me desvestía y me ponía el pijama con esa fantástica instantaneidad que se produce al cortarse en una escena cinematográfica el proceso de sucesión. Ya había puesto mi rodilla en el borde de la cama, cuando Lolita volvió la cabeza y me miró a través de las sombras listadas.

Eso era algo que el intruso no esperaba. La treta de las píldoras (cosa bastante sórdida, *entre nous dit*) tenía por objeto producir un sueño profundo, imperturbable para todo un regimiento... Y allí estaba ella, mirándome y llamándome confusamente "Bárbara". Y Bárbara, vestida con mi pijama –demasiado apretado para ella–, permaneció inmóvil, en suspenso, sobre la pequeña sonámbula. Suavemente, con un suspiro indefenso, Dolly se volvió, recobrando su posición anterior. Durante dos minutos, por lo menos, esperó inmovilizado sobre el borde mismo, como aquel sastre con su paracaídas casero, hace cuarenta años, a punto de arrojarse desde la torre Eiffel. Su respiración débil tenía el ritmo del sueño. Al fin me tendí en mi estrecho margen de cama, tiré de las sábanas, deslicé hacia el sur mis pies fríos como una piedra... y Lolita levantó la cabeza y me bostezó.

Como después me explicó un útil farmacéutico, la píldora púrpura no pertenecía a la noble familia de los barbitúricos, y aunque habría producido sueño en un neurótico que la tomara por una droga potente, era un sedante demasiado suave para actuar demasiado tiempo sobre una nínfula vivaz, aunque cansada. Si el doctor Ramsdale era un charlatán o un viejo astuto, carece de importancia. Lo importante es que había sido engañado. Cuando Lolita volvió a abrir los ojos, comprendí que aunque la droga actuara unas horas después, la seguridad con que había contado era falsa. Lentamente, su cabeza se volvió para caer en su egoísta provisión de almohada. Yo permanecía en mi estrecha franja, fijando los ojos en su pelo revuelto, en el brillo de su carne de nínfula, en la media cadera y el medio hombro confusamente entrevistos, tratando de sondear la profundidad de su sueño por el ritmo de su respiración. Pasó algún tiempo, todo siguió igual y decidí que podía correr el albur de aproximarme a ese brillo encantador, enloquecedor... Pero apenas me moví hacia su tibia vecindad, cuando su respiración se alteró, y tuve la odiosa sensación de que la pequeña Dolores estaba completamente despierta y estallaría en lágrimas si la tocaba con cualquier parte de mi perversidad. Por favor, lector: a pesar de tu exasperación contra el tierno, morbosamente sensible, infinitamente circunspecto héroe de mi libro, ¡no omitas estas páginas esenciales! Imagínate: no puedo existir si no me imaginas. Trata de discernir a la liebre en mí, temblando en el bosque de mi propia iniquidad; y hasta sonríe un poco. Después de todo, no hay nada malo en sonreír. Francamente (y he estado a punto de escribir "francesamente"), yo no tenía dónde apoyar la cabeza, y un acceso de acedía (¡y llaman "francesas" a esas fritangas, *grand Dieu!*) se sumaba a mi incomodidad.

Mi nínfula volvió a hundirse en el sueño, pero no me atreví a zarpar hacia mi viaje encantado. *La Petite Dormeuse ou l'Amant Ridicule.* Al día siguiente la atiborraría de aquellas otras píldoras que habían abatido a su mamá. En el cajón de los guantes... ¿o en el bolso de Gladstone? ¿Esperaría una hora más para acercarme de nuevo? La ciencia de la ninfulomanía es harto precisa: un contacto real me haría desbordarme en un segundo. Un interespacio de un milímetro lo retrasaría a diez. Decidí esperar.

No hay nada más ruidoso que un hotel norteamericano; y se suponía que ése era un lugar tranquilo, agradable, anticuado, hogareño..., ideal para una "vida apacible" y todas esas tonterías. El chirrido de la puerta del ascensor –a varios metros al noreste de mi cabeza, pero que oía tan nítidamente como si hubiera estado dentro de mi sien– alternó hasta mucho después de medianoche con los zumbidos y estallidos de las varias evoluciones de una máquina. De cuando en cuando, inmediatamente al este de mi oreja izquierda (téngase presente que yo continuaba de espaldas, sin atreverme a dirigir mi lado más vil hacia la cadera nebulosa de mi compañera de lecho), el corredor vibraba con alegres, resonantes e ineptas exclamaciones que terminaban en una descarga de despedidas. Cuando *eso* terminaba, empezaba un inodoro inmediatamente al norte de mi cerebro. Era un inodoro viril, enérgico, bronco y fue usado muchas veces. Sus regurgitaciones, sus sorbidos y sus corrientes posteriores sacudían la pared a mis espaldas. Después, alguien situado en dirección sur se descompuso de manera extravagante y casi vomitó su vida juntamente con el alcohol, y su inodoro resonó como un verdadero Niágara, justo al lado de nuestro cuarto de baño. Y cuando por fin las cataratas enmudecieron y todos los cazadores encantados conciliaron el sueño, la avenida bajo la ventana de mi insomnio, al oeste de mi vigilia –una digna, neta avenida eminentemente residencial, de árboles inmensos–, degeneró en vil pavimento de camiones que rugieron en la noche de viento y lluvia.

¡Y a pocos centímetros de mi ardiente vida estaba la nebulosa Lolita! Después de una larga vigilia sin abandono, mis tentáculos avanzaron hacia ella, y esta vez el crujido del colchón no la despertó. Me las compuse para aproximar tanto mi cuerpo voraz junto al de ella, que sentí el aura de su hombro desnudo como un tibio aliento sobre mi mejilla. Entonces se sentó, balbuceó, murmuró algo con insensata rapidez acerca de botes, tiró de las sábanas y volvió a hundirse en su inconsciencia oscura, poderosa, joven. Cuando volvió a acostarse, en su abundante flujo de sueño –un instante antes dorado, ahora luna–, su brazo me golpeó en la cara. Durante un segundo la retuve. Se liberó de la sombra de mi abrazo sin advertirlo, sin violencia, sin repulsa personal, sólo el murmullo neutro y quejoso de una niña que exige su descanso natural. Y la situación fue otra vez la misma: Lolita con su espalda curvada vuelta hacia Humbert, Humbert con su cabeza apoyada sobre su mano, ardiendo de deseo y de dispepsia.

Yo necesitaba un viajecillo hasta el cuarto de baño en busca de un vaso de agua –que es la mejor medicina que conozco para mi caso, salvo la leche con rabanitos–. Y cuando regresé a la extraña atmósfera de pálidas franjas donde las ropas viejas y nuevas de Lolita se reclinaban en diversas actitudes de encantamiento sobre muebles que parecían flotar vagamente, mi hija imposible se sentó y con voz clara pidió agua para ella también. Tomó el vaso de papel blando y frío con su mano umbrosa y tragó su contenido agradecida, con sus largas pestañas dirigidas hacia el vaso. Después, con ademán infantil más encantador que cualquier caricia carnal, Lolita se secó sus labios contra mi hombro. Volvió a caer sobre la almohada (yo me había apoderado de la mía mientras ella bebía) y se durmió inmediatamente.

Yo no me había atrevido a ofrecerle una segunda dosis de droga ni había abandonado la esperanza de que la primera consolidara aún su sueño. Empecé a deslizarme hacia ella, dispuesto a cualquier decepción, sabiendo que era mejor esperar, pero incapaz de esperar. Mi almohada olía a su pelo. Avancé hacia mi resplandeciente amada, deteniéndome o retrocediendo cada vez que se movía o parecía a punto de moverse. Una brisa del país mágico empezaba a alterar mis pensamientos, que ahora parecían inclinados en bastardilla, como si el fantasma de esa brisa arrugara la superficie que los reflejaba. El tiempo y de nuevo mi conciencia despierta encerraron el camino errado, mi cuerpo se deslizó en el ámbito del sueño, se evadió de ella, y una o dos veces me sorprendí incurriendo en un melancólico ronquido. Brumas de ternuras encubrían montañas de deseo. De cuando en cuando me parecía que la presa encantada salía al encuentro del cazador encantado, y que su cadera avanzaba hacia mí bajo la blanda arena de una playa remota y fabulosa. Pero después su oscuridad con hoyuelos se movía, y entonces yo advertía que estaba más lejos que nunca.

Si me recreo algún tiempo en los temores y vacilaciones de esa noche distante, es porque insisto en demostrar que no soy ni fui ni nunca pude haber sido un canalla brutal. Las regiones apacibles y vagas en que me movía eran el patrimonio de los poetas, no el acechante terreno del crimen. Si hubiera llegado a mi meta, mi éxtasis habría sido todo suavidad, un caso de combustión interna cuyo calor apenas habría sentido Lolita, aun completamente despierta. Pero seguía esperando que mi nínfula se sumergiera en una plenitud de estupor que me permitiera paladear algo más que un vislumbre suyo. Así, entre aproximaciones de tanteo, en medio de una confusión que la metamorfoseaba en un halo lunar, en un aterciopelado arbusto en flor, soñaba que readquiría la conciencia, sueño que aguardé en vano.

Vladimir Nabokov

Del movimiento y la inmovilidad de Douve

IV

Me despierto, llueve. El viento te penetra, Douve,
landa resinosa dormida junto a mí. Estoy en una terraza,
en un agujero de la muerte. Tiemblan grandes perros
de follajes.

El brazo que levantas, de pronto, sobre una puerta,
me ilumina a través de las edades. Pueblo de brasa, a
cada instante te veo nacer, Douve,

A cada instante morir.

VI

¿Qué palidez te hiere, río subterráneo, qué arteria en
ti se rompe, dónde resuena el eco de tu caída?

Este brazo que levantas súbitamente se abre, se
enciende. Tu cara retrocede. ¿Qué bruma creciente me
arranca tu mirada? Lento acantilado de sombra,
frontera de la muerte.

Brazos mudos te acogen, árboles de otra orilla.

XVII

Ahora penetra la hondonada en la boca,
Ahora se dispersan los cinco dedos en azares de bosque,
Ahora se desliza la cabeza primera entre las hierbas,
Ahora se enmascara la garganta de nieve y de lobos,
Ahora soplan los ojos y su viento sobre cuáles pasajeros
de la muerte y somos nosotros en este viento en esta
agua en este frío.

Yves Bonnefoy

Días enteros en las ramas

No se dijeron nada más. El hijo iba dando vueltas a la habitación. Del cuarto de la madre no llegaba el menor ruido.

–Duerme –dijo Jacques en voz baja–. Seguro que duerme.

Marcelle se durmió a su vez. Y a falta de otro espectáculo, de otra cosa, a aquellas horas de la noche, él la miró zozobrar y hundirse en el olvido. Muy pronto su respiración se elevó, impúdica, y su sueño, vulgar y cotidiano, vino a turbar la salvaje soledad de la vigilia de Jacques. El fue a la ventana, la abrió y respiró el negro frescor de la calle. Sólo eran las cuatro. Disponía de unas tres horas de libertad antes de que su madre despertara. Cerró la ventana, se sentó de nuevo, sacó la billetera, la abrió, contó, volvió a cerrarla. No tenía suficiente dinero. Intentó olvidar, fumar, sólo encontró placer en dos bocanadas de su cigarrillo, lo apagó, y, de pronto, se puso a llorar. Con todas sus fuerzas intentó parar el golpe pero no pudo. Las lágrimas brotaron, irreprimibles, sacudiéndolo por completo. Marcelle ni se movió. Tampoco en el cuarto de la madre su desdicha llegó a turbar el silencio. Lloró, con las manos en la boca para que no lo oyeran. Y no lo oyeron. Su pena tenía la juventud de las de los deseos contrariados de la infancia, y por eso mismo era extremada y sumergía su razón. Sin dejar de llorar fue a la cocina, se encerró y se lavó la cara largo rato con el agua fría del fregadero. Eso lo calmó. De la infancia, había conservado también la humildad, de la que nada hasta entonces lo había hecho levantarse: se podía ser desgraciado a partir de nada, pensó, de nada en absoluto. El cuarto de su madre seguía tranquilo y sin luz. Muerta o dormida estaría también su madre, la de los prolongados acechos a los pájaros en los árboles, durante días enteros. Volvió al comedor. Los pájaros lo llevaban lejos, hasta las noches desérticas de la vida que él había elegido. Ya no lloraba, pero donde debía estar su corazón latía una piedra dura y negra. El sueño de Marcelle seguía exhalándose, carnal, en su desdicha de piedra. Mañana a la calle, a la calle, pensó Jacques, y me quedaré solo. Se acercó a la chimenea y se miró al espejo. No sabía qué hacer con su cuerpo. Su impaciencia había amainado, pero estaba tan desesperado que sólo sabía soportarse de pie. Ni siquiera tenía el recurso de un enemigo: su madre dormía, inocente al fin, en el sueño del vino. No sabía qué hacer de sí mismo aquella noche cuando vio, encima de la chimenea, las diecisiete pulseras de oro que su madre había olvidado después de la cena, que había olvidado de haber bebido tanto, y de ser demasiado vieja, y de haberlo querido demasiado. Volvió a sentarse. Se levantó otra vez, las miró de nuevo, inútiles. Luego volvió a sentarse. Luego miró el reloj. Luego se decidió. Tomó dos de las diecisiete pulseras, se las guardó en el bolsillo y esperó un momento, el tiempo necesario para saber qué acababa de hacer o por lo menos para darle un nombre. No lo logró. Acaso era lo peor que había hecho desde que naciera. Pero ni siquiera estaba seguro de eso. Mucho menos cuando una justificación de lejanos contornos empezó a apuntar en su alma. Es mi madre, pensó, es mi madre, y yo soy muy desdichado, y es mi madre que está hecha para comprender mi desdicha, y tiene razón, y todos nos parecemos, incluso los mejores que yo. Salió lentamente del piso, con el oro en el bolsillo, y tomó el camino de Montparnasse.

Marguerite Duras

Egloga segunda

Si mi turbada vista no me miente,
paréceme que vi entre rama y rama
una ninfa llegar a aquella fuente.
Quiero llegar allá; quizá, si ella ama,
me dirá alguna cosa con que engañe
con algún falso alivio aquesta llama.
Y no se me da nada que desbañe
mi alma, si es contrario lo que creo;
que a quien no espera bien no hay mal que dañe.
¡Oh santos dioses! ¿Qué es esto que veo?
¿Es error de fantasma convertida
en forma de mi amor y mi deseo?
Camila es esta que está aquí dormida;
no puede de otra ser su hermosura;
la razón está clara y conocida:
una obra sola quiso la natura
hacer como ésta, y rompió luego apriesa
la estampa do fué hecha tal figura.
¿Quién podrá luego de su forma espesa
el traslado sacar, si la maestra
misma no basta, y ella lo confiesa?
Mas ya que es cierto el bien que a mí se muestra
¿cómo podré llegar a despertalla,
temiendo yo la luz que a ella me adiestra?
¿Si solamente de poder tocalla
perdiese el miedo yo? ¿Mas si despierta?...
Si despierta, tenella y no soltalla.
Esta osadía, temo que no es cierta.
Mas ¿qué me puede hacer? Quiero llegarme.
En fin, ella está agora como muerta.

Cabe ella por lo menos asentarme
bien puedo; mas no ya como solía.
¡Oh mano poderosa de matarme!
¿Viste cuánto tu fuerza en mí podía?
¿Por qué para sanarme no la pruebas?
Que tu poder a todo bastaría.

Garcilaso de la Vega

Reflejos en un ojo dorado

Leonora se había quedado dormida sobre la alfombra delante de la chimenea de la sala. El Capitán la miró y se rió para sus adentros. Ella estaba de costado y él le dio una patadita en el trasero. Ella mascullό algo acerca del relleno de un pavo, pero no se despertó. El Capitán se agachó, la sacudió, le habló, y finalmente la puso de pie. Pero como una niña a la que hay que despertar para llevarla al baño como última tarea de la noche, Leonora tenía el don de seguir durmiendo incluso de pie. Mientras el Capitán la llevaba pesadamente hacia la escalera, ella seguía con los ojos cerrados y mascullando cosas acerca del pavo.

–Que me condenen si te desvisto –dijo el Capitán.

Pero Leonora se quedó sentada en la cama en el mismo lugar donde él la había dejado, y después de observarla durante varios minutos, él volvió a reírse y le quitó las ropas. No le puso camisón, porque los cajones de la cómoda estaban tan desordenados que no pudo encontrar ninguno. Además, a Leonora le gustaba dormir "en cueros", como ella decía. Cuando estuvo acostada, el Capitán se acercó a un cuadro colgado en la pared que le había hecho gracia durante años. Era la fotografía de una chica de unos diecisiete años, que en el ángulo inferior tenía escrita una conmovedora dedicatoria: "A Leonora, con toneladas de amor de Bootsie". Esta obra maestra había adornado las paredes de los dormitorios de Leonora durante más de una década, y había sido trasladada a través de medio mundo. Pero cuando alguien le preguntaba por Bootsie, quien por un tiempo había sido su compañera de cuarto en una escuela, Leonora decía con vaguedad que le parecía que alguien le había dicho alguna vez que Bootsie se había ahogado unos años atrás. Por cierto, después de presionarla un poco con el tema, él descubrió que su mujer ni siquiera recordaba el nombre completo de Bootsie. Y sin embargo, simplemente por costumbre, ese cuadro había estado colgado en la pared durante once años. El Capitán miró una vez más a su esposa que dormía. Por naturaleza, siempre tenía calor, y la sábana ya estaba arrollada por debajo de sus pechos desnudos. Sonreía en sueños, y al Capitán se le ocurrió que ahora estaba comiendo el pavo que había preparado en sueños.

El Capitán tomaba Seconal, y era un hábito tan antiguo que una cápsula no le hacía ningún efecto. El creía que con todo lo que trabajaba en la Escuela de Infantería era demasiado quedarse toda la noche despierto y levantarse destruido a la mañana siguiente. Sin una cantidad suficiente de Seconal su sueño era liviano y plagado de pesadillas. Esta noche decidió obsequiarse una triple dosis sabiendo que de inmediato caería en un sueño romo y empapado que duraría al menos seis o siete horas. El Capitán tragó sus cápsulas y se quedó acostado en la oscuridad anticipando una situación placentera. Esa cantidad de droga siempre le proporcionaba una sensación única y voluptuosa: era como si un gran pájaro oscuro aterrizara sobre su pecho, lo mirara una vez con ojos feroces y dorados, y lo envolviera suavemente con sus alas oscuras.

Carson McCullers

Escena de amor

Cuando la noche arrastraba su cola de sombra, le di a beber vino oscuro y espeso como el almizcle en polvo que se sorbe por las narices.

La estreché como estrecha el valiente su espada, y sus trenzas eran como tahalíes que pendían desde mis hombros.

Hasta que, cuando la rindió la dulce pesadez del sueño, la aparté de mí, a quien estaba abrazada.

¡La alejé del costado que amaba, para que no durmiera sobre una almohada palpitante!

Ben Baqui

Opio

Imagine usted unos enormes *sleepings*, cuatro o cinco dormitorios en los que sesenta *boys* fuman sobre dos pisos de tablas. En cada dormitorio, una larga mesa ocupa el espacio vacío. De pie sobre estas mesas, cortados en dos por una nube plana e inmóvil, a media altura, los rezagados se desvisten, tienden esas cuerdas donde les gusta colgar la ropa, se frotan suavemente un hombro.

La escena está alumbrada por las mariposas de las lámparas, en lo alto de las cuales la droga crepita. Los cuerpos se imbrican unos en otros y, sin provocar la menor sorpresa, el menor desagrado, nos colocamos ahí donde en verdad no quedaba lugar para nadie, con nuestras piernas como gatillos de fusil y nuestras nucas apoyadas sobre taburetes. Nuestra agitación no molesta siquiera a uno de los *boys* que duerme con su cabeza contra la mía. Lo sacude una pesadilla; se ha deslizado hasta el fondo del sueño que lo ahoga, que le entra por la boca abierta, por las grandes fosas nasales, por las orejas despegadas. Con su rostro tumefacto, cerrado como un puño furioso, transpira, se revuelve, rasga sus pingajos de seda. Parece como si un golpe de bisturí pudiera liberarlo, extraerle la pesadilla. Sus muecas establecen un contraste extraordinario con la calma de los demás, calma vegetal, calma que me recuerda algo familiar... ¿Qué? Sobre esas tablas los cuerpos replegados en los que el esqueleto visible bajo la piel muy pálida no es más que el delicado armazón de un sueño... De hecho, lo que estos jóvenes fumadores me evocan son los olivos de Provenza, los olivos tortuosos en la tierra roja, llana, y cuya nube de plata permanece suspendida en el aire.

En ese lugar, no estaba lejos de creer que sólo aquella enorme liviandad profunda permitía flotar en el agua al monumental navío.

Jean Cocteau

Aquí estoy a tu lado

Aquí estoy a tu lado mujer mía que duermes,
solo.
La noche es una curiosidad tímida
a través
de la madreselva.
(Será en los campos una solemnidad
de giro armonioso,
mágico,
acompasado de grillos y suspiros de aguas.)
Estoy solo a tu lado, mujer mía.
¿Qué sueño
agitará tu pecho?
Aquí estoy a tu lado, solo, mujer mía.
Qué será de nosotros
de aquí a doscientos años?
Qué seremos ¡Dios mío! qué seremos?
Dentro de cien,
dónde estaré yo?
¿Tendrá la noche estival,
entonces, la forma que ahora tiene?
¿Y habrá una soledad
que gemirá
en esta misma pieza,
al lado
de la mujer dormida?

Juan L. Ortiz

Notas de un diario de viaje

Tren Osaka-Kyoto, 15 de abril de 1895.

Somnolienta, en un vagón de tren, imposibilitada de recostarse, una japonesa se llevará la manga del quimono al rostro antes de ponerse a dormitar. En el vagón de segunda en que viajo hay tres mujeres sentadas una al lado de otra, descabezando un sueño; los rostros, cubiertos por la manga *izquierda* del quimono, se mecen al unísono con el vaivén del tren como si fueran suaves lotos que una corriente hiciera vacilar. (El uso de la manga izquierda puede ser fortuito o instintivo; probablemente sea instintivo, pues la mano derecha es la que mejor sirve para aferrarse a una agarradera o al asiento delantero de cualquier vehículo en caso de que haya un frenazo repentino.) Se trata de un espectáculo a la vez hermoso y divertido (en particular, hermoso), ejemplo de la gracia refinada con que procede una japonesa: siempre del modo más delicado y menos egoísta que se puede concebir. Algo incluso patético, por tratarse también de una actitud de pena y, en ocasiones, de fatigosa imploración. Y todo ello producto de un entrenamiento que considera un deber mostrar siempre ante el mundo un rostro feliz.

Lafcadio Hearn

El alma del verano

Duermes.
Costuras plateadas en tu hombro desnudo.
Tu aliento da ritmo a la noche.
No dejaré a ningún ángel
Velar a tu cabecera.

Kostas Kulufakos

Los pasos lejanos

Mi padre duerme. Su semblante augusto
figura un apacible corazón;
está ahora tan dulce...
si hay algo en él de amargo, seré yo.

César Vallejo

El amante

Hélène Lagonelle duerme profundamente. Tengo el recuerdo de un sueño entrecortado, casi hostil. De rechazo. Sus brazos desnudos rodean la cabeza, abandonados. El cuerpo no está correctamente acostado como el de las otras chicas, sus piernas están dobladas, el rostro no se ve, la almohada ha resbalado. Adivino que estuvo esperándome y que después se durmió así, llena de impaciencia, de rabia. También debió llorar y después cayó en el abismo. Me gustaría despertarla y hablar, las dos juntas, en voz baja. Con el hombre de Cholen ya no hablo, ya no habla conmigo, necesito oír las preguntas de H. L. Posee esta incomparable delicadeza de la gente que no entiende lo que se le dice. Pero despertarla no es posible. Una vez despertada así, en plena noche, H. L. ya no puede dormirse de nuevo. Se levanta, tiene ganas de salir, lo hace, baja las escaleras, avanza por los pasillos, por los grandes patios vacíos, corre, me llama, se siente feliz, nada se puede contra eso, y cuando se la castiga sin paseo, se sabe que eso es lo que espera. Dudo, y luego no, no la despierto. Bajo la mosquitera el calor es sofocante, al cerrarla de nuevo parece imposible que pueda soportarse. Pero sé que es porque llego de fuera, de las orillas del río donde siempre hace fresco por la noche. Estoy acostumbrada, no me muevo, espero a que pase. Pasa.

Marguerite Duras

En tren por España

El soldado compartió una granada con la chica, el australiano contó una historia divertida, la madre que parecía una bruja sacó un pescado envuelto en papel de entre los senos y se puso a comer con malhumorado deleite. Después todos tenían sueño. El médico se durmió tan profundamente que una mosca se paseó sin ser molestada por su cara y su boca abierta. La quietud eterizó todo el tren; en el compartimiento de al lado las niñas encantadoras descansaban como seis geranios exhaustos; hasta el gato había dejado de acechar y dormía en el pasillo. Habíamos trepado la montaña y el tren corría a toda velocidad por una meseta de trigo amarillo, luego entre las profundas barrancas en las que el viento, que se embolsaba, vibraba en extraños árboles espinosos. Por un momento, en un claro entre los árboles, se vio un castillo sobre una montaña, como una corona.

Era un paisaje hecho para bandidos.

Truman Capote

El cubrecama

A la mañana siguiente, al despertarme cerca del alba, descubrí que Queequeg había echado un brazo sobre mí del modo más tierno y afectuoso. Se habría podido pensar que yo era su mujer. El cubrecama era uno de esos formados por retazos, lleno de cuadrados y triángulos abigarrados y multicolores. Y ese brazo tatuado con un interminable laberinto cretense en el cual no había dos partes que tuvieran el mismo matiz (cosa que, imagino, se debía al hecho de haber expuesto el brazo al sol y a la sombra sin método alguno, con la manga de la camisa recogida a diferente altura en cada ocasión), ese brazo, decía, parecía una tira de ese mismo cubrecama hecho de retazos. En verdad, como parte del brazo yacía sobre el cubrecama cuando me desperté, apenas pude distinguir el uno del otro, a tal punto se fundían sus colores; sólo descubrí que Queequeg me abrazaba al percibir el peso y la presión de su brazo.

Mis sensaciones eran extrañas. Intentaré explicarlas. Recuerdo una circunstancia muy similar de cuando era niño. Nunca pude aclarar del todo si fue realidad o sueño. La circunstancia fue ésta. Había hecho alguna travesura (creo que intentaba trepar por la chimenea, como había visto que lo hacía el día anterior un pequeño deshollinador) y mi madrastra, que siempre me azotaba por un motivo u otro, me arrastró por los pies fuera de la chimenea y me mandó una vez más a la cama, aunque sólo eran las dos de la tarde del 21 de junio, el día más largo del año en nuestro hemisferio. Me sentí desdichado. Pero no había remedio, de modo que subí las escaleras hasta mi cuartucho en el tercer piso, me desvestí lo más despacio que pude para matar el tiempo y con un amargo suspiro me deslicé entre las sábanas.

Así me quedé, calculando con desánimo las dieciséis horas enteras que debían pasar antes de que pudiera esperar una resurrección. ¡Dieciséis horas en la cama! ¡Cada centímetro de la espalda me dolía al pensar en eso! Y todo era tan lindo al mismo tiempo... El sol brillaba en la ventana, se oía el estrépito de los coches en las calles y un sonido de voces alegres por toda la casa. Me sentía cada vez peor. Al fin me levanté, me vestí y bajé sin hacer ruido, en calcetines. Fui en busca de mi madrastra, me eché súbitamente a sus pies y le supliqué que, como favor especialísimo, me diera una buena tunda por mi conducta: cualquier cosa, en lugar de condenarme a la cama durante un lapso tan insoportable. Pero mi madrastra era la mejor, la más consciente de las madrastras, y de nuevo fui a parar a la cama. Durante varias horas permanecí totalmente despierto, sintiéndome mucho peor de lo que nunca me he sentido desde entonces, inclusive en las terribles desdichas posteriores. Al fin, debí caer en una somnolencia agitada como una pesadilla. Desperté lentamente, con los pies aún metidos en el sueño, y abrí los ojos: el cuarto, que antes iluminaba la luz del sol, estaba ahora sumido en la más profunda oscuridad. Súbitamente sentí que un escalofrío me recorría todo el cuerpo: nada se veía, nada se oía, pero una mano sobrenatural parecía haberse posado sobre la mía. Mi brazo pendía sobre el cubrecama y la forma o fantasma sin nombre a la que pertenecía la mano parecía estar sentada muy cerca de la cama. Durante un lapso que me pareció un siglo permanecí allí, paralizado por los terrores más espantosos, sin atreverme a retirar la mano y pensando, al mismo tiempo, que si lograba moverla siquiera un centímetro rompería el hechizo. No sé cómo desapareció la conciencia de esta sensación, pero al despertarme por la mañana la recordé estremeciéndome, y después, durante días, semanas y meses me perdí en exasperantes intentos para explicarme el misterio. Y aún hoy sigue intrigándome.

Ahora bien: salvo el espantoso terror, mis sensaciones al sentir la mano sobrenatural sobre la mía eran muy semejantes, en su extrañeza, a las que experimenté cuando desperté y vi el brazo pagano de Queequeg posado sobre mí. Pero finalmente todos los sucesos de la noche anterior volvieron a mí con claridad, uno tras otro, innegablemente reales, y sólo entonces percibí la comicidad de esa situación absurda. Pues, aunque traté de moverle el brazo –de aflojar su abrazo conyugal–, Queequeg, dormido como estaba, me abrazó con más fuerza, como si nada salvo la muerte pudiera separarnos. Entonces intenté despertarlo: "¡Queequeg!" Su única respuesta fue un ronquido. Me di vuelta, con el cuello como metido en la cuellera de un caballo, y de pronto sentí un levísimo rasguño. Aparté el cubrecama: allí estaba el hacha, durmiendo junto al salvaje, como si hubiera sido una criatura de rostro afiladísimo. Qué buena situación, pensé. ¡Metido en la cama con un caníbal y un hacha, en una casa extraña y en pleno día!

–¡Queequeg, por Dios, Queequeg, despiértate!

Al fin, después de muchas contorsiones y fuertes e incesantes exordios acerca de la inconveniencia de ese abrazo tan marital dado a un camarada masculino, logré arrancarle un gruñido. De pronto retiró el brazo, se sacudió como un perro Terranova recién salido del agua y se sentó en la cama, rígido como una estaca, mientras me miraba restregándose los ojos como si no recordara de qué manera había llegado yo a ese lugar, aunque la vaga conciencia de que sabía algo de mí pareció crecer lentamente en su interior. Mientras tanto yo permanecía inmóvil, contemplándolo, esta vez sin hacerme ideas absurdas, y observaba cuidadosamente al curioso personaje. Al fin, cuando pareció convencido de la índole de su compañero de cama y, por decirlo de algún modo, se reconcilió con ese hecho, saltó al suelo y con señas y sonidos me dio a entender que, si me parecía bien, se vestiría primero y después me dejaría para que yo pudiera vestirme con el cuarto entero a mi disposición. Pienso, oh Queequeg, que dadas las circunstancias esta es una *ouverture* muy civilizada. Pero la verdad es que estos salvajes tienen un sentido innato de la delicadeza, se diga lo que se quiera de ellos. Es maravilloso hasta qué punto son esencialmente corteses. Hago este especial cumplido a Queequeg porque me trató con extrema urbanidad y consideración, a mí, culpable de una enorme grosería, puesto que me quedé mirándolo desde la cama y siguiendo cada movimiento de su arreglo matinal. En ese momento mi curiosidad superaba mi buena educación. Pero hay que admitir que un hombre como Queequeg no se ve todos los días: él y sus actitudes justificaban una atención insólita.

Herman Melville

Adriana Buenos Aires

Eran las tres de la mañana cuando mi conversación inteligente rindió el fruto que la desconocida deseaba, y esperaba de mi talento. Yo también lo deseaba; creía que se dormiría pronto y descontaba irme al velorio sin remordimientos y quedar libre de esa preocupación. Durmióse, mas despertó al instante inquieta y soñolienta, graciosamente, como diciendo: "Que me duermo, eh: muchas gracias y nada de picardías", y se apoderó de mi mano con intención de que yo no pudiera moverme de allí, dejándola sola.

Pero como es mucho trabajo dormir y estar despierto al mismo tiempo, pronto la soltó y quedóse dormida en la actitud frecuente en la mujer que duerme de espaldas: con un brazo tendido sobre su cuerpo de modo que la mano descansa donde parece cumplir una guardia del pudor, como la muestra una bella obra de la pintura italiana antigua.

La otra la mantenía sobre los ojos; y aunque mientras estuvimos allí siempre trató de esquivarme u ocultarme parte del rostro, yo le cubrí con un pañuelo grande de seda doblado esa mano y los ojos, porque su cara parecía fruncida en un guiño de molestia por la luz. Esta debía quedar encendida, para que no tuviera un susto si se despertaba a oscuras.

Por unos minutos me quedé mirándole la fina boca pequeña y levemente henchida o saliente cuando cerrada, como en gesto de cariño en enojo o de enojo mimoso. Es ésta la estructura más delicada de boca, a mi juicio. Y en mi opinión es la boca el órgano donde se ostenta o se delata irresistiblemente toda la cortesía o toda la grosería del yo.

Y besé levemente esa boca. No por deseo, no por amistad, no por avaricia de aprovechamiento. Por saber si en ella se sabía de amor. Lo conocía: respondió apenas y prosiguió su sagrado sueño.

Macedonio Fernández

Pompas fúnebres

Erik dormía.

"Cuando uno duerme no se mueve."

La mano subió con la misma delicadeza. Alcanzó la bragueta y la reconoció. Riton respiraba con dificultad. El tesoro estaba allí. Su mano ligera y temerosa se quedó un momento como suspendida. Ni un ruido en el cuarto. Volvió a oír un disparo muy lejano.

"Un combate en Buenos Aires –pensó–, tan lejos." Su mano tomó más autoridad y encima de ese nido lo bendecía o lo espiaba. El corazón de los siete soldados alemanes latía. Con seguridad mañana matarían a Riton, pero antes él bajaría a no pocos franceses. Amaba.

"Esos tontos, qué me importa. Voy a bajar a algunos..."

Con esa mano derecha, justamente. A su pesar hizo con el índice el gesto de apretar un gatillo. Su dedo chocó contra la tela, era golpear a la puerta de las tinieblas y verlas abrirse sobre la muerte y fue el puño cerrado el que quedó allí, aligerándolo en principio y poco a poco dejando que su propio peso se hundiera en la blandura.

El inmueble estaba marcado. Decimos que un rostro, un destino, un muchacho están marcados. Un signo de desdicha debe estar inscrito en alguna parte, invisible porque a lo mejor está en la parte de abajo de una puerta, en el ángulo izquierdo, o en un vidrio, en el tic de un locatario. Tal vez era un objeto inofensivo a primera vista –que un segundo no permite detectar–, una tela de araña en la araña de la luz (había una araña en el salón), o la misma araña. La casa sentía la muerte. Se deslizaba hacia un abismo. Si eso era la muerte, era dulce. Riton ya no pertenecía a nadie, ni a Erik. Los dedos de su mano se separaban como se separan al sol los foliolos de la sensitiva. Su mano descansaba. Había apoyado la cabeza debajo del brazo izquierdo y la gentileza de la actitud pasaba a su alma. No había matado a demasiados franceses, es decir, no había pagado demasiado caro este momento. Si la casa salta es porque está cargada en bloque. Si se quema es el amor que la envuelve. Con delicadeza infinita Riton sacó el pañuelo del bolsillo, lo mojó con saliva, en silencio, y lo pasó por la bragueta entre sus piernas un poco levantadas para limpiarse bien "el ojo de bronce".

"¿Crees que me lo va a meter? Nunca se sabe."

Quería estar listo más para el amor que para el acto. Frotó un poco, sacó el pañuelo para volverlo a mojar, feliz de sentir bajo su nariz y en sus labios el olor del sudor y de la mierda. Esos cuidados discretos y precisos le encantaron.

Como lo hubiera deseado, alrededor de la casa y en la casa misma, trabajada por misteriosos insectos, el pueblo se activaba. Clavaban en las ventanas guirnaldas de papel multicolores, colgaban flores en los hilos de la luz, banderas de una ventana a otra, antorchas, teñían telas en la oscuridad, las mujeres cosían banderas, los niños preparaban pólvora para salvas y balas. (...) En la noche, la mitad de París construía en silencio la hoguera de los siete varones y del joven. La otra mitad velaba.

Su mano se abrió. Un pliegue más duro le hizo creer a Riton que tocaba la pija, su pecho se vació. "Si está dura es porque no duerme. En ese caso estoy listo."

Decidió dejar la mano muerta. Era una felicidad bastante grande que estuviera allí, pero los dedos vivían y buscaban por sí mismos a pesar de la tela áspera y el borde rígido donde están los botones. Por fin sintieron una masa cálida y blanda. Riton entreabrió la boca. Se quedó algunos segundos tenso para comprobar su felicidad.

"Es un pulpo que se le ha colgado entre los muslos... Voy a quedarme así."

Pero los dedos exigían precisión. Muy delicadamente trataron de distinguir las diversas partes de esa masa que, abandonada entre sus manos, lo colmaba de placer. Toda la potencia de Erik estaba contenida en ese montoncito tranquilo, confiado, pero que brillaba a pesar de su muerte. Y toda la potencia de Alemania estaba contenida en esos depósitos sagrados y apacibles, pero pesados, adormecidos, capaces del despertar más amenazador, y vigilantes, que millones de soldados llevan preciosamente a las regiones heladas o ardientes para imponerse por la violación. Con una habilidad de puntillera, la mano, por encima de la tela negra, supo separar la confusión del tesoro. Prejuzgué su esplendor en la acción y lo aprisioné, niña adormecida, con mi pesada pata de ogro. La protegía. La sopesaba y pensaba: "Aquí dentro hay oculto un tesoro". Me envolvía en la amistad. Era digno de ella. Mis dedos la apretaron un poco más, con mayor ternura. La volvieron a acariciar. Un ligero movimiento de su pierna turbó la inmovilidad de Erik. Un miedo terrible me invadió y enseguida la esperanza, pero primero el miedo. Una masa de gritos de miedo que subía desde mi vientre trató de forzar mi garganta y mi boca donde mis dientes velaban, apretados y fuertes. Esos gritos de miedo, al no encontrar salida, reventaron mi cuello que de pronto dejó correr por veinte úlceras violetas en forma de rosas y claveles los veinte arroyos blancos de mi miedo. Conservé la pija en la mano. Que Erik se despertara, me jugaría a la suerte. Incluso deseaba ese despertar. Lo apreté un poco más, y en ese apretón sentí cómo la cabeza del frisé se inflaba, se endurecía y llenaba mi mano enseguida. No me moví más, pero dejé la mano muerta y movediza. Ya que acababa de endurecerse con tal violencia bajo mi caricia, Erik estaba despierto y no se rebelaba. Esperé segundos maravillosos y de esa espera, del momento que parte del despertar de la pija a la felicidad, es asombroso que no nazca, como de la sangre de Medusa Chrysaor, el héroe más fabuloso o nuevos ríos, valles, quimeras, en oleadas sobre un cantero de violetas, la misma esperanza con jubón de seda blanca, toca de plumas, pecho real, collar de espinas de oro, o lenguas de fuego, un evangelio nuevo, estrellas, una aurora boreal en Londres o en Frisco, una sonata perfecta o que la muerte no haga una aparición fulgurante entre los dos amantes. Por segunda vez mi mano apretó la cabeza cuyo grosor me pareció monstruoso.

"Si me mete todo el pedazo por atrás me va a hundir."

Apreté un poco más fuerte. Erik no se movió pero estaba seguro de que no dormía, porque había cesado el ruido regular de su respiración. Entonces me atreví a una caricia por encima de la tela, a otra, y cada vez con más precisión. Erik no hizo ningún movimiento ni dijo una palabra. La esperanza me colmó de una audacia que me asombró a mí mismo. Por uno de los pequeños intersticios entre cada botón pasé la punta del índice. Erik no tenía slip ni calzoncillo. Primero mi dedo sintió los pelos. Los cruzó, y luego la pija tan dura como la madera, pero viva. Ese contacto me maravilló. En ese maravillarme también había algo del miedo frente a la divinidad o a sus ángeles. La pija que yo tocaba con el dedo no era sólo la de mi amante, sino la de un demonio, un guerrero, un ángel exterminador. Cometía un sacrilegio y tenía conciencia de ello. Esa pija era también el arma del ángel, era su dardo. Formaba parte de esos mecanismos terribles que lo colmaban, era su arma secreta, el VI detrás del cual descansaba el Führer. Era el tesoro último y primero de los alemanes, la fuente del oro rubio. El sexo ardía, quise acariciarlo, pero mi dedo no tenía suficiente libertad. Tuve miedo de que mi uña lo lastimara si se apoyaba. Erik no se había movido. Para hacer creer que dormía retomó su respiración regular. Inmóvil en el centro de una lucidez perfecta –tan extraordinaria que por un momento temió que la pureza de su visión brillara fuera de él e iluminara a Riton– dejó al muchacho y se divirtió con su juego. Retiré el dedo y logré, muy hábilmente, desprender dos botones. Esta vez pasé toda la mano. Apreté y Erik, no sé por qué, reconoció que apretaba con ternura. No se movió.

La luna estaba velada. Descalzo caminé primero en puntas de pie, después corrí, subí escalones, trepé casas para alcanzar el cruce más peligroso del Albaicín. Todo el mundo dormía en Granada.

Jean Genet

Los muertos

Estaba profundamente dormida.

Gabriel, apoyándose en el codo, la contempló unos instantes y miró sin resentimiento su pelo enredado y su boca entreabierta, escuchando el sonido de su profunda respiración. Así que ella había tenido ese romántico momento en su vida: un hombre había muerto por ella. Apenas lo preocupaba pensar en el papel tan insignificante que él, su marido, había desempeñado en esa misma vida. La observó mientras dormía como si él y ella no hubieran vivido nunca como marido y mujer. Su mirada curiosa se detuvo un largo rato en su rostro y su cabello; y al pensar en cómo había debido de ser entonces, en los días de su adolescencia en flor, una compasión extraña y afectuosa le invadió el alma. No quería decir, ni siquiera decírselo a sí mismo, que su rostro ya no era hermoso, pero sabía que no era ya el rostro por el que Michael Furey había desafiado a la muerte.

Tal vez Greta no le hubiera contado toda la historia. Sus ojos se detuvieron en la silla donde había arrojado parte de su ropa. La cinta de una enagua colgaba hasta el suelo. Una de sus botas permanecía de pie, con su fláccido empeine caído; su compañera yacía a su lado. Pensó con extrañeza en el tropel de emociones que se había adueñado de él hacía sólo una hora. ¿De dónde procedía? ¿Qué lo había provocado? La ccna de su tía, su propio ridículo discurso, el vino y el baile, las risas y las bromas al darse unos a otros las buenas noches en el vestíbulo, el placer de la caminata por la orilla del río bajo la nieve... ¡Pobre tía Julia! Ella también sería pronto una sombra junto a la sombra de Patrick Morkan y su caballo. Había percibido por espacio de un segundo la consunción en su rostro cuando estaba cantando *Ataviada para la boda.* Pronto, tal vez, él estaría sentado en ese mismo salón, vestido de negro, con su sombrero de seda en las rodillas. Las persianas estarían corridas y la tía Kate estaría sentada a su lado, sollozando y sonándose la nariz, y contándole cómo había muerto Julia. El buscaría en su mente frases de consuelo y no encontraría más que palabras débiles e inútiles. Sí, sí, eso iba a pasar muy pronto.

El aire frío de la habitación le hizo sentir un estremecimiento en los hombros. Se metió cuidadosamente entre las sábanas y se echó al lado de su mujer. Uno por uno todos se iban convirtiendo en sombras. Era mejor irse a ese otro mundo en plena gloria de una pasión, que desvanecerse y marchitarse con los años. Pensó en cómo la mujer que dormía a su lado había guardado celosamente en su corazón, durante muchos años, la imagen de los ojos de su amante cuando le dijo que no tenía deseos de vivir.

James Joyce

Chitra

Con el primer vislumbre del alba y el primer pío de los pájaros, me senté y me quedé apoyada en mi brazo izquierdo. El seguía dormido. Tenía una vaga sonrisa en torno de sus labios, como la que tiene la luna nueva en la mañana, y el fulgor rosirrojo de la aurora le daba en la frente noble. Me levanté suspirando; uní las enredaderas frondosas, para quitarle de la cara el sol que entraba ya a chorros y, mirando en torno, vi la misma tierra vieja de todos los días. Recordé lo que yo era antes, y corrí, corrí como una cierva asustada de su propia sombra, por el sendero del bosque, todo regado de flores de shefali. Encontré un rincón solitario, me senté y, cubriéndome la cara con las dos manos, quise llorar y gemir; pero no me vino una lágrima a los ojos.

Rabindranath Tagore

Tardecita de campo en Yaraví

Tota entredormida, y Matilde, abrazadas,
dejan caer de la mesita una revista Claudia
donde se lee: "Cinco mujeres crean en Italia,
los abrigos de pieles más lujosos
del mundo".

Las moscas vienen a besarlas con sus flexibles trompetillas,
vienen a recorrerlas
bajo los tules fríos del abandonado té.
Sedosas apropiaciones en los párpados bajos que laten apenas,
en las dulces comisuras de unos trémulos,
anestesiados labios

y las penumbras microscópicas
caen desde el lejano alarido de los pájaros,

las lentas elegías de las palomas y el ronroneo
de los perros ciegos en el atardecer,

un traicionero y pánico
desprendimiento de retinas.

Nos place consultar
esa revista de modas:

en ella están las sumisas revoluciones estéticas,
las opacas figuras de la Moda
que sólo pide un rencor cultural;
no un salto ni una mordedura
hirientes.

La verdadera paciencia es el delirio,
el juego vanidoso...
La verdadera lentitud
para conocer en qué otro sitio,
lejos de los espejos, de las telas y las lentejuelas,
el cuerpo se despejará
del dolor.

Breve historia donde el día se va hundiendo

y sobre las tías dormidas, una aguja surfila
la majestuosa camisa de los acercamientos.

Es cierto que estoy aquí.
Es tangible mi tristeza.

Una tijereta volando en la cima del pino
recorta su tira de Naturaleza como el viejo
Matisse: la breve claridad como un vitral
sostiene el muro que siempre desconoce
la avidez de los colores.

La oscura luz del campo
se precipita;

el placer de unas plumillas que solas vuelan
en la semipenumbra anaranjada;

se llama contagio de las energías,
tumultuoso misterio de esos alegres
dones: cascabeles en el centro de unas
flores selladas como semillas: y el confuso secreto
de un tedio casi lírico,
casi clamoroso.

Puesto que el sentido no se mueve,
es una linfa que está bajo la piel de las durmientes,
y a través de una telilla vidriosa y fría esplende
en el sopor de toda la contención.

Furiosa la tensión superficial sostiene
sus secretos moldes, sus vestidos de fiesta,
sus faldas apenas entrevistas,

y fuerza con su ostentosa gravedad
las pieles famosas
cubiertas del rocío,

de la instantánea bestialidad del rocío;

pues la necia tardecita pide un agua pulverizada,
diminuta,

una polvareda de oro rojizo, casi azul,
anuncia que alguien barre quitándonos
los dibujos de los insectos,
el colorido noctívago
de las posibles ranas...

¿A cuáles súbitas sumisiones se habitúan?
¿Dónde; dónde lo inesperado de un deber
dichoso
nos roba cuidadosamente
el visible paisaje?

El sentido una lentísima revolución también
como la Moda
espera.

Aquí, aquí: el hostil insistir de unos ácidos
desesperantes,
de unas picaduras nuevas,
de una música que contrae el ya viejísimo día:
¿oh?

alguien o algo finge desaparecer para nosotros,
allí donde no podemos decir:
"se muere el lenguaje".

Arturo Carrera

3. EL DURMIENTE FINGIDOR

Fábula de Polifemo y Galatea

El bulto vio, y haciéndolo dormido,
librada en un pie toda sobre él pende
–urbana al sueño, bárbara al mentido
retórico silencio que no entiende–:
no el ave reina así el fragoso nido
corona inmóvil, mientras no desciende
–rayo con plumas– al milano pollo,
que la eminencia abriga de un escollo,

como la Ninfa bella –compitiendo
con el garzón dormido en cortesía–
no sólo para, mas el dulce estruendo
de el lento arroyo enmudecer querría.
A pesar luego de las ramas, viendo
colorido el bosquejo que ya había
en su imaginación Cupido hecho,
con el pincel que le clavó su pecho.

De sitio mejorada, atenta mira,
en la disposición robusta, aquello
que, si por lo süave no la admira,
es fuerza que la admire por lo bello.
De el casi tramontado Sol aspira,
a los confusos rayos, su cabello:
flores su bozo es, cuyas colores,
como duerme la luz, niegan las flores.

(En la rústica greña yace oculto
el áspid de el intenso prado ameno,

antes que de el peinado jardín culto
en el lascivo, regalado seno.)
En lo viril desata de su bulto
lo más dulce el Amor de su veneno:
bébelo Galatea, y da otro paso,
por apurarle la ponzoña al vaso.

Acis –aún más, de aquello que dispensa
la brújula de el sueño, vigilante–,
alterada la Ninfa esté, o suspensa,
Argos es siempre atento a su semblante,
lince penetrador de lo que piensa,
cíñalo bronce o múrelo diamante;
que en sus Paladïones Amor ciego,
sin romper muros, introduce fuego.

El sueño de sus miembros sacudido,
gallardo el joven la persona ostenta,
y al marfil luego de sus pies rendido,
el coturno besar dorado intenta.
Menos ofende el rayo prevenido
al marinero, menos la tormenta
prevista le turbó, o pronosticada:
Galatea lo diga salteada.

Más agradable, y menos zahareña,
al mancebo levanta venturoso,
dulce ya concediéndole, y risueña,
paces no al sueño, treguas sí al reposo.
Lo cóncavo hacía de una peña
a un fresco sitial dosel umbroso,
y verdes celosías unas yedras,
trepando troncos y abrazando piedras.

Luis de Góngora y Argote

Al llegar a la sala le soltó la mano a Farraluque y con fingida indiferencia trepó una escalerilla y comenzó a resbalar la brocha chorreante de cal por las paredes. Farraluque miró en torno y pudo apreciar que en la cama del primer cuarto la cocinera del director, mestiza mamey de unos diecinueve años henchidos, se sumergía en la intranquila serenidad aparente del sueño. Empujó la puerta entornada. El cuerpo de la prieta mamey reposaba de espaldas. La nitidez de su espalda se prolongaba hasta la bahía de sus glúteos resistentes, como un río profundo y oscuro sobre dos colinas de cariciosa vegetación. Parecía que dormía. El ritmo de su respiración era secretamente anhelante, el sudor que le depositaba el estío en cada uno de los hoyuelos de su cuerpo, le comunicaba reflejos azulosos a determinadas regiones de sus espaldas. La sal depositada en cada una de esas hondonadas de su cuerpo parecía arder. Avivaba los reflejos de las tentaciones, unidas a esa lejanía que comunica el sueño. La cercanía retadora del cuerpo y la presencia en la lejanía de la ensoñación.

Farraluque se desnudó en una fulguración y saltó sobre el cuadrado de las delicias. Pero en ese instante la durmiente, sin desperezarse, dio una vuelta completa, ofreciendo la normalidad de su cuerpo al varón recién llegado. La continuidad sin sobresaltos de la respiración de la mestiza, evitaba la sospecha del fingimiento. A medida que el aguijón del leptosomático macrogenitosoma la penetraba, parecía como si se fuera a voltear de nuevo, pero esas oscilaciones no rompían el ámbito de su sueño. Farraluque se encontraba en ese momento de la adolescencia, en el que al terminar la cópula, la erección permanece más allá de sus propios fines, convidando a veces a una masturbación frenética. La inmovilidad de la durmiente comenzaba ya a atemorizarlo, cuando al asomarse a la puerta del segundo cuarto, vio a la españolita que lo había traído de la mano, igualmente adormecida. El cuerpo de la españolita no tenía la distensión del de la mestiza, donde la melodía parecía que iba invadiendo la memoria muscular. Sus senos eran duros como la arcilla primigenia, su tronco tenía la resistencia de los pinares, su flor carnal era una araña gorda, nutrida de la resina de esos mismos pinares. Araña abultada, apretujada como un embutido. El cilindro carnal de un poderoso adolescente, era el requerido para partir el arácnido por su centro. Pero Farraluque había adquirido sus malicias y muy pronto comenzaría a ejercitarlas. Los encuentros secretos de la españolita parecían más oscuros y de más difícil desciframiento. Su sexo parecía encorsetado, como un oso enano en una feria. Puerta de bronce, caballería de nubios, guardaban su virginidad. Labios para instrumentos de viento, duros como espadas.

Cuando Farraluque volvió a saltar sobre el cuadrado plumoso del segundo cuarto, la rotación de la españolita fue inversa a la de la mestiza. Ofrecía la llanura de sus espaldas y su bahía napolitana. Su círculo de cobre se rendía fácilmente a las rotundas embestidas del glande en todas las acumulaciones de su casquete sanguíneo. Eso nos convencía de que la españolita cuidaba teológicamente su virginidad, pero se despreocupa en cuanto a la doncellez, a la restante integridad de su cuerpo. Las fáciles afluencias de sangre en la adolescencia, hicieron posible el prodigio de que una vez terminada una conjugación normal, pudiera comenzar otra "per angostam viam". Ese encuentro amoroso recordaba la incorporación de una serpiente muerta por la vencedora silbante. Anillo tras anillo, la otra extensa teoría flácida iba penetrando en el cuerpo de la serpiente vencedora, en aquellos monstruosos organismos que aún recordaban la indistinción de los comienzos del terciario donde la digestión y la reproducción formaban una sola función. La relajación del túnel a recorrer, demostraba en la españolita que era frecuente en su gruta la llegada de la serpiente marina. La configuración fálica de Farraluque era en extremo propicia a esa penetración retrospectiva, pues su aguijón tenía un exagerado predominio de la longura sobre la raíz barbada. Con la astucia propia de una garduña pirenaica, la españolita dividió el tamaño incorporativo en tres zonas, que motivaban, más que pausas en el sueño, verdaderos resuellos de orgullosa victoria.

Con una altiva desnudez, ya sabía lo que le esperaba, penetró en el otro cuarto. Allí estaba el miquito, el hermano de la cocinera del director. Acostado de espaldas, con las piernas alegremente abiertas, mostraba el mismo color mamey de la carne de la hermana, brindando una facilidad externa, pero lleno de complicaciones ingenuas casi indescifrables. Fingía el sueño, pero con una malicia bien visible, pues con un ojo destapado y travieso le daba la vuelta al cuerpo de Farraluque, deteniéndose después en el punto culminante de la lanza.

José Lezama Lima

Las hazañas de un joven Don Juan

En la habitación reinaba una atmósfera llena de olores mezclados, exhalados por los cuerpos de las sirvientas, cuyas ropas colgaban en el muro o al pie de la cama. Estos olores eran al principio muy desagradables, pero cuando uno se había acostumbrado los encontraba más excitantes que sofocantes: era el verdadero "olor di femina".

El perfume que te la hace parar.

Las camas, hechas a la moda antigua, estaban en dos lugares. Todas estaban vacías excepto una, en la que una muchacha roncaba sonoramente.

Yacía de costado, vuelta hacia la pared. Un pie estaba sobre la madera de la cama, y su culo estaba completamente expuesto a mis miradas porque ella estaba totalmente desnuda.

Su basto camisón estaba colocado cerca de ella sobre una silla de madera, junto con sus otras ropas. La durmiente se llamaba Babette y no podía suponer que la estaban viendo así, de pies a cabeza. Su piel habría podido ser más fina, y su armazón era tosco, pero no delgado.

Yo acerqué la cara a su culo y sentí el sudor penetrante. El agujero de su culo conservaba todavía algunos vestigios de la última deposición. Debajo se veía muy bien su tajo cerrado, coronado por pelos castaños.

Le hice cosquillas suavemente en las nalgas y en la concha. Apenas le metí el dedo hizo un movimiento y se dio vuelta. Pude contemplarla de frente. Su pelambrera era rizada y olía fuertemente a meadas, cosa que noté al meter la nariz.

Hay que decir que estas sirvientas sólo se lavaban la concha los domingos. Por otra parte, hay muchas damas bien que no tienen tiempo para hacerlo más a menudo. Pero este olor me excitó y ya estaba al palo.

Cerré la puerta con llave y me desnudé por completo. Después le separé los muslos. Ella entreabrió los ojos. "Babette -le dije, metiéndole tres dedos en la concha –, eres mi amorcito, mira cómo se me para."

Ella se movió, señaló la otra habitación y me dijo: "Ursule también está ahí".

Mientras Babette se secaba la concha con el camisón, yo pasé a la otra habitación, donde Ursule seguía durmiendo profundamente. Estaba desnuda, pero tapada hasta el pecho y de espaldas, de manera que se podían ver las espesas matas negras de sus sobacos. Sus hermosos pechos se destacaban más por la posición de sus brazos, a cuyos lados colgaban encantadoramente los rizos de su larga y tupida cabellera. Todo era delicioso en este cuadro. Lástima que sólo fuera una campesina, y no comprendo cómo un hombre puede preferir a la belleza natural de una campesina los atractivos preparados de una dama.

Su camisón, muy limpio, estaba cerca de ella. La olí y quedé pasmado ante el olor a salud que la impregnaba.

Suavemente, tiré de la manta y la admiré completamente desnuda. Quedé azorado un instante ante el aspecto maravilloso de sus bien proporcionados miembros, de su mata muy peluda, cuyos pelos negros iban de los labios a los muslos. Despertó mientras yo le besaba los pechos. Se asustó y, primero, se tapó la mata con la mano. Luego, reconociéndome, me sonrió amablemente.

Guillaume Apollinaire

Monsieur Cyril de Guindre

Una tarde pesada y fragante de primavera, Monsieur Cyril de Guindre se hallaba descansando elegantemente en su lecho azul hielo. Moviéndose como una serpiente, jugaba con su gato. A pesar de sus años, era muy guapo.

–Su rostro es el de una orquídea albina –decía su gran amigo

Thibaut Lastre–. Su ávida boca violeta es una abeorquídea venenosa como un insecto lunar; y ¿dónde podría encontrarse un animal de pelo tan raro como su cabello?

Monsieur de Guindre aspiró su halo de perfume pensando en Thibaut, que ya se retrasaba media hora para el té.

El jardín era tan intensamente verde que tenía que protegerse los ojos. "Tu mirada me cansa tanto como el jardín –dijo a su gato–. Cierra los ojos."

(...)

–Preciosa momia –murmuró Cyril, riendo–. ¿Quién sabe? ¿Acaso no te quieres divertir?

Bajó despacio la escalinata de mármol.

Panthilde estaba de pie en el centro del salón. Se miraron mutuamente en silencio. Cyril vio a una niña de catorce años, vestida como una alumna de colegio de monjas. Su vestido estaba hecho de un tejido rígido de color negro, con un cuello blanco alrededor de la garganta. Sus piernas delgadas estaban enfundadas en espesas medias de lana negra. Un sombrero de paja le ocultaba la cara. Su cabello negro estaba recogido en dos trenzas perfectas: un par de centímetros más, y habrían tocado el suelo.

Tras un momento de silencio, Cyril se acercó a ella y le quitó cautamente el sombrero. Lo asombró su belleza perversa: se parecía mucho a él.

–Panthilde –dijo por fin–; ¿no reconoces a tu padre?

La niña le dirigió una mirada vaga y negó con la cabeza.

–No, monsieur; no lo conozco.

(...)

Cyril se sintió tan cansado que regresó a echarse en el sofá. Encendió un cigarrillo especial con fragancia de mirra, y no tardó en quedarse dormido, aunque permaneció vagamente consciente. Tenía la sensación de que su hija Panthilde estaba sentada junto a su cabeza, y que cantaba con atiplada voz infantil:

¡No llores, papá, que un día
te daré una muñeca mía!

A través de una nube de sueño, vio que Panthilde se sacaba del bolsillo un tarrito pequeño, hundía los labios en su negro y pegajoso contenido, y acercaba su cara a la de él. Tenía los labios negros y relucientes como el dorso de un escarabajo. Entonces se sintió impulsado, totalmente en contra de su voluntad, a probar sus labios. Abrió la boca y la acercó a la de ella; pero ella apartó la cabeza de manera que quedó fuera de su alcance, y se echó a reír; Cyril tembló de horror y de deseo.

–Papá quiere Primavera –dijo Panthilde con voz burlona–. Papá quiere Primavera. Papá quiere Primavera.

Panthilde comenzó a canturrear el ritmo monótono de las palabras: "Papá quiere Primavera".

Cyril se durmió.

Leonora Carrington

La aventura de un preceptor

Durante un viaje que hice a Asia acompañando a un cuestor, me alojé en casa de un habitante de Pérgamo.

Muy a gusto me encontraba yo en aquella casa, y no por lo elegante de sus habitaciones, sino por la singular belleza del hijo de mi huésped.

Para que el buen padre no barruntara la viva querencia que tomé al muchacho, siempre que en la mesa se hablaba del amor entre hombres y la pasión por los niños bonitos, me deshacía en tan violentas invectivas contra tal infamia, prohibía en tono tan severo que se ofendiera la castidad de mis oídos con conversaciones de tal índole, que todos, pero especialmente la madre de mi educando, me tenían por uno de los siete sabios. Así que pronto logré que me encargaran de conducirlo al gimnasio; le ordenaba sus estudios, le daba lecciones, y, sobre todo, no dejaba de recomendar a sus padres que no admitieran en casa a ningún seductor de jovencitos.

Un día festivo, luego de haber terminado nuestras tareas más temprano que de costumbre, nos tumbamos en el comedor; porque la dejadez que se suele sentir después de una larga y gozosa comida nos impidió subir al cuarto. Y así estábamos, cuando a eso de la medianoche noté que mi educando no dormía; e hice entonces en voz baja esta rogativa a Venus:

–¡Oh, diosa! Si me es dado besar a este adorable niño sin que él lo sienta, prometo regalarle mañana un par de palomas.

Apenas oyó el muy pícaro cuál era el premio de aquel favor que yo estaba pidiendo a Venus, rompió a roncar a más y mejor; y mientras se hacía el dormido, me acerqué y le di muchos besos.

Satisfecho de la prueba, madrugué al día siguiente y para que viera que la cosa era de veras le di un hermoso par de palomas. Y así cumplí lo prometido.

La noche siguiente, animado por mi primera tentativa, mis promesas cambiaron de especie:

–¡Oh, diosa! –dije–. Si me es dado tentarle el cuerpo con mano lasciva, sin que él lo note, le he de regalar mañana, en pago de su docilidad, dos gallos de riña.

Al oír esta promesa el lindo muchacho se me arrimó más y más, en sueños; creo que tenía miedo de que yo me durmiese.

Para disipar su inquietud le sobé todo el cuerpo con un placer indecible; y luego de que amaneció, le regalé lo que le había prometido, de lo cual holgóse en gran manera.

Llegada la tercera noche me sentí aún más osado; me acerqué al oído del fingido durmiente y exclamé:

–¡Oh, dioses inmortales! Haced que yo pueda disfrutar en sus brazos el deleite completo sin que él se dé cuenta de nada, y mañana mismo, en premio de tanta ventura, le regalaré una jaca de Macedonia.

Nunca jamás durmió mi discípulo con sueño más profundo. Lo primero que hice fue recorrer con mis manos trémulas su pecho alabastrino; luego lo llené de ardientes besos y por fin concentré todas mis ansias en el sitio mismo del placer.

Al otro día mi mancebo, sentado en su habitación, esperaba impaciente la ofrenda prometida.

Bien sabes tú que no es tan fácil hacerse de una jaca como comprar palomas o gallos de riña. Aparte del gasto, temía que un regalo así hiciera entrar en sospechas a los padres; de manera que después de unas horas de paseo, me volví a casa de mi huésped con las manos vacías y, por todo regalo, le di a mi educando un beso.

Pero él se me echa al cuello para besarme y mirando a derecha e izquierda con inquietud me dice:

–¿Qué se ha hecho de la jaca, mi querido maestro? ¿Dónde está?

–No he podido hallar una buena –le respondí–. Así que he

tenido que dejarlo para más tarde. Pero pierde cuidado, que de aquí a unos días cumpliré mi promesa.

El muchacho comprendió muy bien lo que aquello quería decir, y en la cara que puso se le vio su descontento.

Aunque mi falta de palabra me hubiera indispuesto con mi amigo, no tardé en volver a tomarme las mismas libertades. Pocos días después una feliz casualidad me deparó la ocasión que buscaba con ansia; en cuanto vi al padre bien dormido, supliqué al muchacho que hiciera las paces conmigo, dejándome devolverle el placer por placer; agoté todos los argumentos que inspira una ardiente pasión; pero lo único que conseguí es que me respondiera con airado tono:

–Duerme o llamo a mi padre.

Pero una audaz perseverancia acaba por triunfar de todos los obstáculos. Mientras me amenazaba con llamar al padre, me metí en la cama del chico, y le robé el placer que de grado no quería concederme.

Pareció que le gustaba aquella violencia, y quejándose, como por fórmula, de que con mi ingratitud lo había expuesto a la burla de sus compañeros delante de los cuales había encomiado mi generosidad, agregó:

–Mira, para que veas que no me parezco a ti, puedes empezar otra vez si te parece.

Hechas las paces, alcanzado mi perdón, usé del permiso que me concedía y me quedé dormido en sus brazos.

Pero el adolescente maduro ya para el deleite, y con el ardor propio de su edad, no se dio por contento con las dos veces y me despertó.

–¿Qué? –me dijo–, ¿no te pide más el cuerpo?

Empleé las pocas fuerzas que me quedaban con la mejor voluntad del mundo y, sudoroso, jadeante, satisfice al cabo sus deseos; pero entonces, rendido por el triple goce, me volví a dormir.

No había pasado una hora cuando, pellizcándome, me dice:

–Pero qué, ¿en eso quedamos?

Harto ya del muchacho, que no hacía más que despertarme, me dio un verdadero arrebato de cólera y, pagándole con la misma moneda, le dije a mi vez:

–Duerme o llamo a tu padre.

Petronio

Cien poemas de amor

El poeta:

La joven esposa,
al ver que no había nadie ya en la alcoba,
suavemente se levantó del lecho,
y, después de contemplar por largo rato
el rostro de su esposo
que fingía estar dormido,
llena de confianza lo besó en la boca;
mas, al descubrir que se erizaban sus mejillas,
bajó el rostro avergonzado
y entonces él, riéndose,
la cubrió de besos.

*

El poeta:

Cuando su esposo suavemente
preguntaba a los sirvientes de la casa:
"¿Por qué de nuevo está durmiendo
mi mujer de hermosos ojos,
teniendo el extremo de su sari
fuertemente asegurado
con la cadenilla que adorna su cintura?",
ella con cólera gritó:
"¡Mira, mamá, cómo me interrumpe el sueño!",
y, volteándose, fingiendo que dormía,
espacio libre le dejó en el lecho.

Amaru

4. DURMIENTES LEJANOS

La recuerdo cuando dormía

La recuerdo cuando dormía,
aunque una vez dormida luchaba
por seguir despierta.
No necesitaba estímulo para desvestirse,
al acostarse esperaba que la abrazaran.
Entonces trémulamente podía verse
todo el pudor de su encanto
a la luz de la vela.

Shen Yueh

Una rueda lentamente...

Una rueda, lentamente,
rueda por ella misma, los rayos
trepan,
trepan sobre campo negruzco, la noche
no necesita estrellas, en ninguna parte
ello pregunta por ti.

En ninguna parte
ello pregunta por ti–

El lugar donde estaban tendidos tiene
un nombre, no tiene.
No estaban tendidos ahí. Algo
se tendía entre ellos. No

veían a través.
No veían, no,
hablaban de palabras. Ninguno
despertó, el
sueño
vino a ellos.

Vino, vino. En ninguna parte
ello pregunta–

Soy yo, yo,
yo estaba entre vosotros, estaba
abierto, estaba
audible, latía hacia vosotros, vuestro aliento
obedecía, lo
soy todavía, pues
dormís.

Paul Celan

Pintura

A mi trabajo entrego corazón y alma.
Pero hoy la languidez de la composición me desanima.
El día influye en mí. Su forma se oscurece
cada vez más. Arrecia el viento y llueve.
Prefiero contemplar antes que escribir.
Ahora, en esta pintura miro
a un hermoso muchacho tendido junto a un arroyo,
fatigado, supongo que de correr.
Qué hermosa criatura; qué divino mediodía
lo ha sorprendido sosegándolo en el sueño.
Me siento y largo rato lo contemplo.
Y en el arte descanso de su esfuerzo.

Konstantino Kavafis

Mi dolor más grande

dijo Jan Erik
fue cuando mi joven amante
dormía.
La sonrisa que cruzó sus labios
fue con mucho más dulce
que cualquiera de las que me brindó.
Y por eso sentía más celos
de lo que guardaba para sus sueños
que de todas las sonrisas
que regaló a mis rivales.

¿Quién fue el que en las
profundidades del sueño
trajo la miel a sus labios?

James Purdy

La durmiente

Estoy, de junio en medianoche bruna,
bajo la mística y plateada luna.
Un oscuro vapor de opio y de rocío
se exhala en aureolado regadío,
y desde la montaña donde brota,
resbala lentamente, gota a gota,
corriendo, soñoliento y musical,
por el fondo del valle universal.
Sobre la tumba el romeral reposa,
se inclina el lirio hacia la onda airosa,
al envolverse en la pesada bruma,
la ruina llena de sopor se esfuma.
¡Ved! El lago a un Leteo parecido,
a sabiendas parece adormecido
y a ningún precio despertar quisiera.
Y en tanto duerme la belleza afuera,
tras el balcón que abierto al cielo tiene,

con su destino se reposa Irene.
¡Brillante dama! ¿No es idea vana
la de abrir a la noche la ventana?
De las ramas, los aires juguetones
se filtran a través de tus balcones.
Turba de magos, incorpóreos entes,
tu alcoba asaltan, gráciles y rientes,
y mueven del dosel el cortinado
con vaivén tan fugaz, tan delicado
sobre tus párpados que el sueño cierra,
donde tu espíritu en sopor se encierra,
que, de ronda de duendes al conjuro,
sube y baja su sombra al pie del muro.
¡Oh dulce dama! Di: ¿no temes nada?
¿Cómo y con quién reposas ensoñada?
¡Tú, que has llegado de remotos mares,
eres, entre estas plantas seculares,
exótica y preciada maravilla!
Raro es tu pelo que a la luna brilla,
rara es tu palidez, y tu vestido,
y este silencio del jardín dormido.

¡La dama duerme! ¡Que su sueño alado,
como profundo, sea prolongado!

Edgar Allan Poe

La lámpara, el durmiente

I

No sabía dormir sin ti, no me atrevía
A arriesgarme a bajar sin ti los escalones.
Más tarde descubrí que es otro sueño
Esta tierra de senderos que se hunden en la muerte.

Entonces yo te llamaba al lecho de mi fiebre
De no existir, de ser más negro que tanta noche,

Y cuando hablaba en voz alta en este mundo inútil,
Te tuve en los caminos del vastísimo sueño.

El dios apremiante en mí eran las orillas
Que yo alumbraba con mi errático aceite, y cada noche
Apartabas mis pasos del abismo que me obsesionaba,
Noche tras noche mi aurora, interminable amor.

II

–Me inclinaba sobre ti, valle de tantas piedras,
Y escuchaba el rumor de tu grave reposo,
Y percibía, muy en lo hondo de la sombra que te cubre,
El triste lugar donde se enciende la espuma del sueño.

Te escuchaba soñar. ¡Oh monótona y sorda,
A veces destrozada por rocas invisibles!
¡Cómo se va tu voz, abriendo entre sus sombras
El cauce de una espera angosta y susurrada!

Arriba, en los jardines esmaltados, es cierto
Que un pavo real impío se enriquece con brillos mortales.
Pero tú te contentas con mi luz temblorosa,
Habitas en la noche de una frase curvada.

¿Quién eres? Solamente conozco tus alarmas,
La premura en tu voz de un rito inacabado.
Tú divides lo oscuro presidiendo la mesa,
Tus manos están desnudas, pero ¡tan iluminadas!

Yves Bonnefoy

El mundo

Quería con tanta eficacia
tranquilizarte, quería
el hombre por el que me tomabas,

consolarte, y me
levanté, y fui hasta la ventana,
descorrí, como me pediste

la cortina, para ver afuera
el contorno de los árboles
en la noche.

La luz, amor,
la luz que entonces sentimos,
agrisada, era eso, que

entró, sobre nosotros, no
tan sólo mis manos o las tuyas,
ni una humedad tan placentera,

sino que en la oscuridad entonces
mientras dormías, la figura
gris se acercó mucho

y se inclinó,
entre nosotros, mientras
dormías, inquieta, y

mi propio rostro tuvo
que verla, y ser visto por eso,
el hombre que era, tu

gris perdido cansado perplejo
hermano, inusado, intomado–
odiado por el amor, y muerto,

pero no muerto, por un
instante, me vio, a mí
el intruso, el que él no era.

Traté de decir, todo
está bien, ella es feliz, ya no eres

necesario. Dije,
está muerto, y él
se fue mientras te movías

y despertabas, al principio con miedo,
después sabiendo por mi propio saber
lo que había ocurrido–

y entonces la luz
del sol entrando
para otra mañana
en el mundo.

Robert Creeley

Desilusión a las diez

Las casas son frecuentadas
por blancas camisas de dormir.
Ninguna de ellas es verde,
o púrpura con anillos verdes,
o amarilla con anillos azules.
Ninguna de ellas es singular,
con escarpines de lazo
y cintos de abalorios.
La gente no irá a soñar
con mandriles y caracolas.
Sólo, aquí y allá, un viejo marinero
borracho y dormido con sus botas,
caza tigres
en rojo clima.

Wallace Stevens

Un amigo que duerme

Tus manos cubriendo las sábanas eran mis hojas muertas.
Mi otoño amaba tu verano.
El viento del recuerdo hacía crujir las puertas
De los lugares donde habíamos estado.

Te dejaba mentir tu sueño egoísta
Donde el sueño borra tus pasos.
Crees estar donde estás. Es tan triste
estar siempre donde no se está.

Vivías hundido en un otro ti mismo
Y con un cuerpo tan abstracto,
Que parecías de piedra. Es duro, cuando uno ama,
No poseer más que un retrato.

Inmóvil, despierto, visitaba las habitaciones
Donde no volveremos más.
En mi carrera loca no movía mis miembros,
Y el puño sostenía mi mentón.

Cuando volvía de esa carrera inerte,
Hallaba con fastidio
Tus ojos cerrados, tu aliento y tu enorme mano abierta,
Y tu boca llena de noche.

¿Acaso no nos parecemos a esa águila de dos cabezas,
A Jano bifronte,
A los hermanos siameses que se exhiben en las ferias,
A los libros cosidos con un hilo?

El amor hace de los amantes un solo monstruo de dicha,
Erizado de gritos y de crines,
Y ese monstruo, embriagado de ser su propia presa,
Se devora a cuatro manos.

¿Cuál es de la amistad la extensa soledad?
¿Adónde se dirigen los amigos?
¿Cuál es ese laberinto donde nuestra lúgubre tarea

Es reunirnos dormidos?

¿Pero qué tengo entonces? ¿Pero qué me pasa?
Duermo.

Jean Cocteau

la durmiente

estás dormida / estoy despierto /
como un sonámbulo doy vueltas alrededor de tu sueño /
estás dormida / cruzo la soledad de rocas
que tiemblan con mi pena / y oscurezco a la luna /
estás dormida / tu fulgor /
me roba el sueño de los ojos /
estás dormida en tu calor /
estoy despierto en la noche que tirita /
todos mis pensamientos te ven dormir /
se funden como cera en tu llama

joseph tsarfati (giuseppe gallo)
(¿? - 1527 / roma-constantinopla-roma-afueras de vicovaro)

Juan Gelman

Una pordiosera

Jay evitaba los momentos de belleza en los seres humanos. Subrayaba sus analogías con los animales. Añadía carne inerme, verrugas, grasa al pelo, pezuñas a las uñas. La belleza lo hacía sospechar. La naturaleza era descuido, ropa desabrochada, cabello despeinado, andar de entrecasa.

Lillian estaba sorprendida por la enorme discrepancia que existía entre los modelos de Jay y lo que éste pintaba. Paseaban juntos a lo largo del mismo río Sena y, mientras ella lo veía de un gris sedoso, sinuoso y reluciente, Jay lo pintaba opaco con lodo fermentado, con bancos de tapones de botellas de vino y hierbajos enredados en los bordes hediondos.

Había descubierto a una pordiosera que dormía siempre en el mismo lugar, en mitad de la acera, enfrente del Panteón. La mujer había encontrado una trampa del metro por la que salía un poco de calorcito y, a veces, un humo gris pálido, de modo que daba la impresión de estarse quemando. Se tumbaba de manera muy compuesta, con la cabeza apoyada sobre la cesta del mercado donde guardaba sus escasas posesiones, el vestido pardusco tapándole los tobillos, y el mantón anudado pulcramente bajo la barbilla. Dormía tranquila, con dignidad, como si estuviese en su cama. Jay había pintado sus pies sucios y magullados, las callosidades, las uñas negras. Pero no daba importancia a la historia que más le gustaba a Lillian y que la hacía recordar a la mujer: cuando habían intentado llevarla a la casa de una anciana, la mujer se había negado diciendo: "Prefiero seguir aquí, donde están enterrados todos los grandes de Francia. Me hacen compañía. Velan mi sueño".

Lillian recordaba las palabras talmúdicas: "No vemos las cosas tal como son, las vemos tal como somos".

Anaïs Nin

Un lunes en la madrugada

Ahora, he vuelto a levantarme de mi silla, y por centésima vez he empujado suavemente la hoja entornada de su puerta. Sobre la blancura de la almohada su cabeza sigue inmóvil y dormida en medio de esa respiración angustiosa que corre... corre... corre... como si no saliera de su cabeza inmóvil. Parece el caballo jadeante de algún viajero que, en el instante mismo en que ya va a llegar, tiene muchísimo empeño por llegar, y corre... corre... corre... sin poder ya más.

¡Ah! ¡Pobre tío!

(...)

Gabriel entonces lo miró, sonriendo, y dijo con mucha gracia:

–¡Pues a ese enfermo, herido o como se llame, hay que curarlo también!

Y luego que acabó con tío Pancho, cogió un copo de algodón, lo mojó en agua colonia, y se puso a desmanchar con grandes extremos, la uña, y la yema, y toda la falange superior de mi pobre pulgar.

Después que terminó completamente tan delicada cura, nos sentamos juntos en el canapé de reposo que hay en el cuarto, y allí nos estuvimos un largo rato, inmóviles, sin decir palabra, considerando en silencio con callada melancolía, la cabeza delgada y exangüe, que bajo la acción del narcótico dormía ahora suavemente, con sus ojos entreabiertos, y su boca entreabierta, y su barba puntiaguda, y todas sus facciones alargadas y blancas, como las facciones dolorosas de un Cristo de la Agonía... Hasta que luego, poco a poco, en voz muy baja, Gabriel y yo empezamos a conversar, y estuvimos conversando, conversando, hasta que llegó tía Clara...

¡Es extraño!... pero cuando dos personas conversan juntas en el cuarto donde hay un enfermo, todo, todo cuanto se dice, parece que tuviera un sentido oculto o desconocido, y es que ¡claro! por muy dormido que se encuentre el enfermo, al hablar junto a él, es preciso hablar en voz muy baja... así... a la sordina... y cuando se habla a la sordina, no sé lo que pasa, pero cada palabra que se dice es un misterio... Sí... un misterio hondo, que más parece que se diga con los ojos que con los labios, y que más parece que se escuche con los ojos que con los oídos, porque los oídos y los labios están hechos al metal de la voz, y los ojos no... los ojos están hechos a oír y hablar en la expresión callada del silencio.

Y así, a la sordina, sentados juntos en el sofá de reps, Gabriel y yo, estuvimos hablando casi toda la mañana...

Fui yo quien inició aquella larga y singular conversación. Porque ocurrió que una vez que Gabriel me hubo desmanchado el dedo, mientras flotaba en el ambiente un suave olor de agua colonia, yo, sentada junto a él, me di a considerar a tío Pancho, con aquel gran sentimiento de unción y de tristeza y así, cuando más convencida estaba de que Gabriel lo miraba también, descubrí que sus ojos, en vez de mirar a tío Pancho, me estaban mirando a mí, con una expresión tenaz, profunda y turbadora, que en la penumbra y en el silencio del cuarto me asustaba y me cohibía como la amenaza de algo que puede venir y no se sabe qué es... Entonces, por distraer de mí aquellos ojos de Gabriel, le pregunté muy quedo, indicando a tío Pancho con la vista:

–¿Sufrirá?

En efecto, separando de mí los inquietantes ojos, Gabriel contempló un segundo la dolorosa cabeza de Cristo y contestó:

–Ahora no sufre nada. La acción de narcótico lo tiene en estado de inconsciencia y de absoluta insensibilidad.

–Pero cuando se despierte debe sufrir, porque entonces nos mira y nos conoce... ¡pobre tío Pancho! Y en esos momentos de lucidez, Gabriel... ¿comprenderá que se muere?

–¡Quizás! –respondió Gabriel. Y la palabra salió rozando sus labios como si fuera un suspiro.

Yo dije:

–¡Tal vez no sepa nada, y se despierte de pronto en el más allá, así como nos despertamos por la mañana después de una noche de sueño!...

–¡El más allá!... –repitió Gabriel, como en un eco–. ¡El más allá!... ¿Y usted, en su vida actual, espera confiada ese más allá, lo mismo que en la noche espera la mañana, María Eugenia?

Y como la voz que poníamos los dos en la penumbra del cuarto era la misma voz apagada y susurrante de la confesión, yo, sin esfuerzo ninguno, como se confiesa un pecado... sí, un enorme pecado, que al salir de los labios deja en el alma un gran alivio de paz, por primera vez en mi vida, confesé a Gabriel este enorme pecado que a nadie le había confesado nunca:

–¡Creo firmemente que no hay nada más allá!

Teresa de la Parra

El mar de coral

para Robert Mapplethorpe

PRÓLOGO

En un lugar remoto, Morfeo, dios de los sueños, despierta. Separado del benévolo abrazo de las ensoñaciones, se lanza contra el azul y arde en la forma. Vuela alto, sin amor ni remordimiento, y contempla su carga: un joven dormido envuelto en la tela del viaje, que va girando, tan lentamente como giran, perpetuas, las faldas del extático.

EL COBERTOR

El mar era denso como un Rothko, prosaico, ininterrumpido. Pero las sombras parecían estar en todas partes, invadiendo cada hueco, cada lugar secreto, como un aleteo allí donde no había pájaros, ni siquiera una gaviota.

Afuera, junto a la puerta del camarote, un par de botas montaba guardia. Adentro, un par de pantuflas todavía en su envoltorio yacía a los pies del catre. Un catre magnífico con sábanas de lino egipcio. Y encima del catre yacía el durmiente, soñando, bajo un descolorido cobertor.

Era una cosa adorable el cobertor, con su gama inusual de verdes, como una hoja bruñida abriéndose paso entre las guías de una viña protectora. Había cubierto los hombros de un anciano y algo de él quedaba, comprimido entre los pliegues marchitos.

Sobre la cama los objetos se entramaban con la luz cambiante. Un paquete de *Gauloises Jaunes*, un anillo hecho de una piedra, y un retrato pequeño, ligeramente borroso, con marco ovalado. Un joven vestido de marinero que mira al mundo con algo de suspicacia, aunque mantiene cierto aire delicado como es delicado un látigo y tiene la actitud, a la vez suave y quebradiza, de una bandera de seda que fuera sumergida en un estanque y luego colgada de una espina en una noche de invierno. Este era el joven que dormía, rumbo a las islas Salomón, y soñaba consigo mismo.

(...)

Y anidó en la protección del barco como había anidado en los amorosos brazos de su tío. Y las sombras parecían estar en todas partes, jugar encima de él, desafiar la protección de las ropas y formar siluetas: la danza de un novicio, la oscilación de una soga gruesa. Y las sombras se enredaban y sólo quedaba el aleteo de la noche, resbalando contra la quietud del ojo de buey.

Y el camarote lo llamaba, y el camarote era él. Había un aura de perfección hasta en la ubicación de los objetos. En los objetos mismos. Para que nadie cuestionara nada al entrar. Y entrara, simplemente, y se encontrara yaciendo encima del catre –austero, invitador, con sábanas de lino egipcio–, sin saber por qué.

Dándose vuelta abruptamente, M hizo caer una pantufla que se deslizó de su envoltorio en ángulo recto y aterrizó sobre el piso reluciente como un rayo de luz estelar, perfectamente ubicada. Abrió los ojos y volvió a cerrarlos. Tenía la reconfortante sensación de que unas manos invisibles lo arropaban, cubriéndolo tiernamente con el suave cobertor verde.

Patti Smith

Guigemar

Mientras venda su herida con la camisa, medita el héroe sobre su angustiosa situación. Después monta a caballo y se va. A ningún precio desearía que llegasen los suyos e intentaran retenerlo. Por ello es por lo que se aleja a través del bosque, por un verde camino.

Fuera ya de la floresta, divisa una llanura. Al fondo puede ver una montaña en acantilado sobre el mar. Abajo corre el agua y hay un pequeño puerto. Allí fondea una nave, cuyo mástil vislumbra Guigemar. Está tan perfectamente untada de pez por dentro y por fuera que no es posible distinguir las junturas. De ébano son las grapas y las clavijas. La vela, en pura seda, se halla completamente desplegada y es muy hermosa.

Muy pensativo está el caballero. Jamás había oído decir que una nave hubiese podido llegar hasta allí. Se adelanta, desciende y se dirige a ella, subiendo a bordo no sin gran esfuerzo. Cuidaba encontrar hombres a cargo de la nave, pero no había nadie en absoluto.

En medio de la nave encuentra un lecho, cuyos largueros y travesaños son de oro con incrustaciones de ciprés y marfil blanco, según la técnica de Salomón. De seda entretejida con hilos de oro es la colcha que lo cubre. No sabría apreciar las demás telas, pero quisiera hablaros de la almohada: quien reclinare su cabeza en ella no tendrá jamás el pelo cano. La manta es de cibelina revestida con púrpura de Alejandría. Dos candelabros de oro (el peor valía un tesoro) ornan la proa de la nave. En cada uno hay un cirio encendido.

Guigemar está maravillado. Se tiende sobre el lecho y reposa, pues su herida le duele mucho. Después se levanta y quiere irse, pero no puede hacerlo: la nave está ya en alta mar, con él surca las aguas libremente. El tiempo es plácido y sopla suave el viento; no cabe ya pensar en el retorno.

Ello le aviva el sufrimiento, no sabe qué hacer. No es maravilla que se encuentre desolado, pues gran dolor siente en su llaga. No queda otro remedio que afrontar la aventura. Ruega a Dios que lo tome a su cuidado, que su omnipotencia lo conduzca a buen puerto y lo libre así de la muerte. Después vuelve a acostarse sobre el lecho y se duerme.

María de Francia

5. LOS DORMIDOS ENTRE LILAS

Nevada densa y más...

Nevada, densa y más densa,
color paloma, como ayer,
nevada, como si durmieras ahora,
aún.

Paul Celan

El silbato

Cayó la noche. La oscuridad era delgada, como un vestido tenue que ha sido usado durante muchos inviernos y que siempre deja pasar el frío hasta los huesos. Después salió la luna. Una granja se alzaba bien visible, como una piedra en el agua, entre los bosquecillos de altos árboles cubiertos de hojas muertas, sin color. A la luz de un ojo más penetrante que el de la luna se hubieran podido ver todas las propiedades de los Morton... hasta las diminutas plantas de tomate alineadas prolijamente muy cerca de la casa, grises y como plumas, sobrecogedoras en su expuesta fragilidad. La luz de la luna lo cubría todo, y caía sobre la forma más oscura de todas, la granja en la que acababa de apagarse la lámpara.

Adentro, Jason y Sara Morton estaban tendidos entre las mantas de un jergón que había sido colocado cerca de la chimenea. Las llamas todavía aleteaban en el hogar, soltando de tanto en tanto un sonido somnoliento, y entonces la luz exhausta se alzaba de arriba a abajo sobre la pared, a través de las vigas, y sobre el oscuro jergón donde yacían las personas, como un pájaro que trata de encontrar su camino para salir de la habitación.

La parsimoniosa y cansada respiración de Jason era el único sonido, aparte del chisporroteo del fuego. El hombre yacía bajo las mantas con la forma alargada de una chaucha, de costado y dando la cara a la puerta. Sus labios se entreabrían en la oscuridad, y su respiración entraba y salía, lentamente y subiendo y bajando, una y otra vez, como una conversación o un cuento... una pregunta y un suspiro.

Sara yacía de espaldas con la boca abierta, silenciosa, pero sin dormir. Miraba fijamente los sitios oscuros e indistinguibles, entre las vigas. Sus ojos parecían demasiado abiertos, los párpados tensos y flojos, como agujeros que han sido estirados hasta perder la forma y volverse inútiles. Una vez, una siseante llama amarilla se alzó sobre el viejo tronco, y por un momento iluminó el rostro pequeño de la mujer, su cabello pálido, y una mano que sostenía el borde de la manta, proyectando brillantes sombras azules. Luego la mujer se tapó la cabeza con la manta.

Todas las noches yacían temblando de frío, pero tan poco comunicativos en su desdicha como un par de postigos azotados por la tormenta. A veces pasaban muchos días, hasta semanas, sin que cambiaran una palabra. En realidad no eran viejos: sólo tenían cincuenta años; sin embargo, sus vidas estaban colmadas de cansancio, de una enorme falta de necesidad de hablar, de una pobreza que debía haberlos unido con un desastre demasiado grande como para hablar, pero que no obstante los había dejado aislados y sin deseos de conmiseración. Tal vez, años atrás, el largo hábito del silencio había empezado a partir de la furia o la pasión. ¿Cómo saberlo ahora?

A medida que el fuego se extinguía, la respiración de Jason se hacía más pesada y solemne, poniéndolo más allá del sitio de los sueños. Completamente oculto, el cuerpo de Sara era ingrávido como la corteza de un junco, y apenas si se veía un contorno bajo la manta, donde yacía la mujer. A veces, a ella misma le parecía que era su falta de peso la que le impedía calentarse.

¡Estaba tan cansada del frío! Eso era todo lo que podía causarle... cansancio. Año tras año estaba segura de que moriría antes de que terminara el frío. Ahora, según el calendario, era primavera... Pero año tras año era lo mismo.

Eudora Welty

La pareja

Apagan la lámpara y la pantalla blanca relumbra
un instante antes de desaparecer
como una pastilla en un vaso de oscuridad. Luego sube.
Las paredes del hotel brotan en la oscuridad del cielo.

Los movimientos del amor han amainado y ellos duermen
pero sus más secretos pensamientos se encuentran
como se encuentran dos colores, fundiéndose el uno en el otro,
en el papel mojado de una pintura escolar.

Está oscuro y callado. Pero la ciudad se ha acercado
esta noche. Con ventanas a oscuras. Las casas han venido.
En apretada espera están, muy cerca.
Una muchedumbre con rostros inexpresivos.

Tomas Tranströmer

La virgen loca y el esposo infernal

Junto a su amado cuerpo dormido, ¡cuántas horas nocturnas velé tratando de descubrir por qué quería tanto evadirse de la realidad! Jamás hombre alguno sintió deseo tan grande. Me daba cuenta –sin temer por él– de que podía ser un serio peligro para la sociedad. –¿Acaso posee secretos para *cambiar la vida*? No: no hace más que buscarlos, me contestaba yo. En suma, su caridad está hechizada, y soy su prisionera. Ninguna otra alma tendría fuerza suficiente –¡fuerza de la desesperación!– para soportarla –para ser protegida y amada por él. Además, no me lo imaginaba con otra alma: vemos nuestro Angel, jamás el Angel de otro –creo. Estaba yo en su alma como en un palacio que han desocupado para no ver una persona tan poco noble como uno: eso es todo. ¡Ay!, ¡cuánto dependía yo de él! ¿Pero qué quería él con mi experiencia descolorida y débil? ¡No me volvía mejor, aunque no me hiciera morir! Tristemente despechada, le dije a veces: "Te comprendo".

Jean Arthur Rimbaud

Despierta, tiemblo al...

Despierta, tiemblo al mirarte;
dormida, me atrevo a verte;
por eso, alma de mi alma,
yo velo mientras tú duermes.

Despierta, ríes, y al reír, tus labios
inquietos me parecen
relámpagos de grana que serpean
sobre un cielo de nieve.

Dormida, los extremos de tu boca
pliega sonrisa leve,
suave como el rastro luminoso
que deja un sol que muere...
"¡Duerme!"

Despierta, miras, y al mirar, tus ojos
húmedos resplandecen
como la onda azul, en cuya cresta
chispeando el sol hiere.

Al través de tus párpados, dormida,
tranquilo fulgor vierten,
cual derrama de luz templado rayo
lámpara transparente...
"¡Duerme!"

Despierta, hablas, y al hablar, vibrantes
tus palabras parecen
lluvia de perlas que en dorada copa
se derrama a torrentes.

Dormida, en el murmullo de tu aliento
acompasado y tenue,
escucho yo un poema, que mi alma
enamorada entiende...
"¡Duerme!"

Sobre el corazón la mano
he puesto, porque no suene
su latido, y de la noche
turbe la calma solemne.

De tu balcón las persianas
cerré ya, por que no entre
el resplandor enojoso
de la aurora, y te despierte...
"¡Duerme!"

Gustavo Adolfo Bécquer

Yvain o el caballero del león

Yvain ya no se acuerda de ninguno de sus actos pasados. Anda por el bosque, al acecho de los animales, para luego matarlos y alimentarse con esta caza totalmente cruda.

Llevando esta vida de loco salvaje, iba vagando por el bosque desde hacía cierto tiempo, cuando encontró una casa bajita y pequeña que era de un ermitaño. (...) Cuando vio el ermitaño aquel hombre desnudo, se dio cuanta sin lugar a dudas de que no tenía uso de razón, y convencido de que se trataba de un loco, se metió todo asustado en su choza. Sin embargo, por caridad, cogió el santo varón un pedazo de su pan y un cántaro de agua fresca, y lo dejó afuera, en el borde de una ventana estrecha. Se acercó entonces el pobre hambriento, con unas ganas enormes de coger el pan e hincarle el diente.

(...)

Transcurrieron semanas, con su buena ración de pan y caza, hasta que un buen día le encontraron durmiendo en el bosque dos doncellas, que iban en compañía de una dama, a cuya mesnada pertenecían. Al ver a aquel hombre desnudo, una de las tres descabalga y corre hacia él. Le estuvo mirando mucho tiempo, antes de distinguir en su cuerpo alguna señal que le permitiera reconocerle, y sin embargo, ella que tanto le había visto, pronto le habría reconocido si hubiese vestido el rico atuendo que siempre solía llevar. Tardó mucho en reconocerle, pero a fuerza de examinarle, distinguió en su cara la larga huella de una herida. Mi señor Yvain llevaba idéntica señal, ella lo sabía por habérsela visto a menudo. Por aquella cicatriz lo ha reconocido, y que es él en persona no lo duda un instante, pero le sorprende mucho encontrarle en tan distinto estado de pobreza y desnudez. Se persigna ante tan extraño hecho y sin tocarle ni despertarle, vuelve a montar a caballo, para reunirse con las demás y narrarles llorando su aventura.

(...)

Yvain permanece solo y dormido, mientras la doncella va en busca del ungüento. Abre la dama una de sus arquetas, saca un cofrecillo, y lo entrega a la doncella, rogándole que no despilfarre tan precioso bálsamo, y le frote la frente y las sienes, sin necesidad de untar otra parte del cuerpo, sólo sienes y frente, insiste, y que guarde con cuidado lo que sobre, pues aparte del cerebro no le duele ninguna otra cosa.

La dama ha mandado sacar atavíos forrados de piel, una túnica y un manto de seda escarlata. Todo lleva consigo la doncella, que por la diestra conduce a un buen palafrén. Ella ha añadido a este atuendo, como regalo suyo, una camisa y calzones de tela fina, y delicadas calzas negras.

Se aleja deprisa la doncella con todo este equipaje, y pronto encuentra, en el mismo lugar donde lo había dejado, al caballero, todavía dormido. Deja a sus caballos bien atados en un bosquecillo, y se encamina, con el traje y el ungüento, hacia el durmiente; con gran decisión y valor, se acerca a aquel loco furioso, hasta probar a tocarle y palparle. Coge el ungüento y le unta, hasta que no queda en el tarro ni onza de bálsamo, pues tanto desea su curación, que se esmera en frotarle todo el cuerpo. Gasta con prodigalidad, pues no le importa ni se acuerda de las recomendaciones de su señora, y echa más de lo necesario, porque le parece que siempre estará bien empleado; no sólo le frota las sienes y la frente, sino el cuerpo entero, hasta los dedos de los pies...

Tanto le frotó, al sol ardiente, las sienes y todo el cuerpo, que consiguió sacar del cerebro toda la furia y la melancolía, pero fue una insensatez lo de untarle todo el cuerpo, porque no había ninguna necesidad –pero creo que, si ella hubiese tenido cinco sextarios de bálsamo, habría hecho lo mismo. Ahora huye, para esconderse al lado de sus caballos, llevándose el cofrecillo, pero no la ropa, porque quiere que cuando se despierte, el caballero la vea allí dispuesta y la coja para vestirse.

La doncella permanece al acecho, detrás de un alto roble, hasta que el caballero, que ya ha dormido lo suficiente como pare encontrarse sano y repuesto, recobra el sentido y la memoria. Al verse desnudo como una estatuilla de marfil, siente gran vergüenza –mayor hubiese sentido, de haber sabido su aventura– pero ignora por qué se encuentra desnudo. Ve delante de él estos atavíos nuevos y se pregunta, con una sorpresa sin límite, cómo y por qué prodigio llegaron aquí, y tan estupefacto y desconcertado está ante su desnudez, que piensa que habría sido para él muerte y traición si en tal estado alguien le hubiese encontrado y reconocido. Sin embargo se viste, sin dejar de mirar por el bosque, por si viese venir algún ser humano.

Chrétien de Troyes

Desnuda

¡Qué confiada duermes
ante mi vela, ausente
de mi alma, en tu débil
hermosura, y presente
a mi cuerpo sin redes,
que el instinto resuelve!

–Te entregas cual la muerte–.

¡Tierna azucena eres,
a tu campo celeste
trasplantada, y alegre,
por el sueño solemne,
que te hace, imponente,
tendida espada fuerte!

Berceuse

(Boston, 16 de marzo)

No; dormida,
no te beso.

Tú me has dado tu alma
con tus ojos abiertos
–¡oh jardín estrellado!–
a tu cuerpo.

No, dormida no eres
tú... No, no, ¡no te beso!

–...Infiel te fuera a ti si te besara
a ti...
No, no,
no te beso...–

Juan Ramón Jiménez

Antes del comienzo

Ruidos confusos, claridad incierta.
Otro día comienza.
Es un cuarto en penumbra
y dos cuerpos tendidos.
En mi frente me pierdo
por un llano sin nadie.
Ya las horas afilan sus navajas.
Pero a mi lado tú respiras;
entrañable y remota
fluyes y no te mueves.
Inaccesible si te pienso,
con los ojos te palpo,
te miro con las manos.
Los sueños nos separan
y la sangre nos junta:

somos un río de latidos.
Bajo tus párpados madura
la semilla del sol.
                                        El mundo
no es real todavía,
el tiempo duda:
                              sólo es cierto
el calor de tu piel.
En tu respiración escucho
la marea del ser,
la sílaba olvidada del Comienzo.

Primero de enero

Las puertas del año se abren,
como las del lenguaje,
hacia lo desconocido.
Anoche me dijiste:
                                        mañana
habrá que trazar unos signos,
dibujar un paisaje, tejer una trama
sobre la doble página
del papel y del día.
Mañana habrá que inventar,
de nuevo,
la realidad de este mundo.

Ya tarde abrí los ojos.
Por el segundo de un segundo
sentí lo que el azteca,
acechando
desde el peñón del promontorio,
por las rendijas de los horizontes,
el incierto regreso del tiempo.

No, el año había regresado.
Llenaba todo el cuarto
y casi lo palpaban mis miradas.

El tiempo, sin nuestra ayuda,
había puesto,
en un orden idéntico al de ayer,
casas en la calle vacía,
nieve sobre las casas,
silencio sobre la nieve.

Tú estabas a mi lado,
aún dormida.
El día te había inventado
pero tú no aceptabas todavía
tu invención en este día.
Quizá tampoco la mía.
Tú estabas en otro día.

Estabas a mi lado
y yo te veía, como la nieve,
dormida entre las apariencias.
El tiempo, sin nuestra ayuda,
inventa casas, calles, árboles,
mujeres dormidas.

Cuando abras los ojos
caminaremos, de nuevo,
entre las horas y sus invenciones
y al demorarnos en las apariencias
daremos fe del tiempo y sus conjugaciones.
Abriremos las puertas de este día,
entraremos en lo desconocido.

Octavio Paz

La noche

Ahora soy yo quien lo busca. Cada noche dejo silenciosamente la casa y voy por el camino inacabable hasta la pradera a verlo dormir.

Algunas veces lo contemplo sin hablar, feliz solamente de verlo, y acerco mis labios a los suyos, y sólo beso su aliento.

¡Alba del día, oh pérfida claridad que pronto llegas! En qué antro siempre en sombras, en qué pradera siempre subterránea, podríamos amarnos tan largo tiempo que perdiésemos el recuerdo...

Pierre Louÿs

Los que duermen

Ningún mapa dibuja la calle
donde están esos dos que duermen.
Perdimos su rastro.
Yacen como bajo el agua
en una luz azul, inmóvil,
la ventana entreabierta

con cortinas de lazo amarillo.
A través de la angosta rendija
suben aromas de tierra húmeda.
La víbora deja un rastro de plata;
una maleza oscura bordea la casa.
Miramos hacia atrás.

Entre pétalos pálidos como la muerte
y hojas constantes en su forma
siguen durmiendo boca a boca.
Se alza una niebla blanca.
Las pequeñas aletas de la nariz, verdes, respiran,
y ellos se dan vuelta en su sueño.

Exiliados de esa cama tibia
somos sueño de su sueño.
Sus párpados sostienen la penumbra.
Ningún mal puede llegar hasta ellos.
Fundimos nuestras pieles y nos deslizamos
dentro de otro tiempo.

Sylvia Plath

La vida breve

DÍAZ GREY, LA CIUDAD Y EL RÍO

Estiré la mano hasta introducirla en la limitada zona de la luz del velador, junto a la cama. Hacía unos minutos que estaba oyendo dormir a Gertrudis, que espiaba su cara vuelta hacia el balcón, la boca entreabierta y seca, casi negra, más gruesos que antes los labios, la nariz brillante, pero ya no húmeda. Alcancé en la mesita una ampolla de morfina y la alcé con los dedos, la hice girar, agité un segundo el líquido transparente que lanzó un reflejo alegre y secreto. Serían las dos o las dos y media.

(...)

Antes de medianoche ella había vomitado, había llorado apretando contra su boca el pañuelo empapado en agua de colonia mientras yo le golpeaba suavemente un hombro, sin hablarle, porque ya había repetido, exactamente tantas veces como me era posible en el curso de un día: "No importa. No llores".

(...)

Me recordé hablando; vi mi estupidez, mi impotencia, mi mentira ocupar el lugar de mi cuerpo, y tomar su forma. "No llores, no estés triste", repetí mientras ella se aquietaba en la almohada, sollozaba apenas, temblaba.

Ahora mi mano volcaba y volvía a volcar la ampolla de morfina, junto al cuerpo y la respiración de Gertrudis, dormida, sabiendo que una cosa había terminado y otra cosa comenzaba, inevitable: sabiendo que era necesario que yo no pensara en ninguna de las dos y que ambas eran una sola cosa, como el fin de la vida y la pudrición.

(...)

Dejé la ampolla entre los frascos de la mesita y el estuche del termómetro. Gertrudis alzó una rodilla y volvió a bajarla; hizo sonar los dientes, como si mascara la sed o el aire, suspiró y se quedó quieta. Sólo le quedaba, vivo, un encogimiento de expectativa dolorosa en la piel de las mejillas y en las pequeñas arrugas que le rodeaban los ojos. Me dejé caer, suavemente, boca arriba.

(...)

Oí gemir a Gertrudis y me incorporé, a tiempo para verla plegar los labios y aquietarse. La luz no podía molestarla. Miré la blancura y el sonrosado de la oreja de Gertrudis, demasiado carnosa, muy redonda, visiblemente conformada para oír. Estaba dormida, la cara siempre hacia el balcón, hermética, mostrando sólo el filo de un diente entre los labios.

(...)

Oí golpear la puerta del departamento vecino, los pasos de la mujer que entraba en el cuarto de baño y comenzaba después a pasearse, canturreando, sola.

Estuve primero acuclillado, con la frente apoyada en el borde de la celosía, respirando el aire casi frío de la noche. Trapos blancos se sacudían y restallaban a veces en la azotea de enfrente. Una armazón de hierro, orín, musgo, ladrillos carcomidos, mutiladas molduras de yeso. Detrás de mí Gertrudis continuaba durmiendo, roncando suavemente, olvidada, liberándome. La vecina bostezó y empujó un sillón.

(...)

Todavía el pecho de Gertrudis puede rezumar sangre si se agita demasiado, según decía el médico, hecho de roscas de grasa, con voz y maneras de eunuco, de ojos cansados, semidisueltos, salientes y, sin embargo, proclamando el hábito de retroceder con la humildad del que se aburre a pesar de sus mejores deseos.

(...)

Oí llorar a Gertrudis, seguro de que continuaba dormida.

NATURALEZA MUERTA

Subí en el ascensor, mirándome los ojos y el bigote en el espejo, pensando: ella está dormida, y yo la quiero y es necesario que no olvide por un momento que sufre mucho más que yo.

(...)

Gertrudis dormía, el balcón estaba abierto sobre el cielo negro. Me desvestí y entré en la cama, acaricié el pelo de Gertrudis, la sentí estremecerse y suspirar.

EL REGRESO

Despierta, aceptando estar despierta después de luchar un

momento por merecer nuevamente la nada, se sentía coincidir enseguida con la forma cóncava de su desgracia. Quedaba despierta en la cama, inmóvil y con los ojos cerrados para que yo la creyera dormida, para que no le hablara, esperando con impaciencia el ruido cuidadosamente lento que yo hacía en la puerta al marcharme. Despierta e inmóvil, larga, pesada, corrida hacia el centro cálido de la cama, boca arriba, con una pierna doblada y un brazo rodeando su cabeza; con los labios separados y anhelantes para reconstruir la convincente imagen de ella misma dormida, me escuchaba moverme en la habitación, iniciar los preparativos para dejarla sola hasta la noche.

"LA VIE EST BRÈVE"

Solamente en los sueños venía Gertrudis ahora, las mejillas redondeadas y duras por la risa juvenil, reconquistando el estremecimiento nervioso con que la cabeza separaba las carcajadas.

EL NUEVO PRINCIPIO

–Voy a apagar la luz, voy a besarte –le dije; la cara no se alteró; sonreía adormecida, mostraba sin disimulo el sueño.

(...)

Volví a pensar en su muerte cuando tuve que reconocer el fracaso, cuando estuve de espaldas, junto a ella, sabiéndome olvidado. Escuché, sentí en los ojos y en las mejillas el renovado furor de la tormenta, el rencoroso ruido del agua, el viento ululante que llenaba el cielo y golpeaba contra la tierra; la fuerza del mal tiempo, capaz de atravesar el alba, de invadir la mañana, barriéndome e ignorándome como si mi muerta exaltación no pesara más que la diminuta hoja que yo había acariciado y mantenido pegada a mi mejilla; tan indiferente y ajena como la mujer que descansaba, en quietud y silencio, arqueada sobre el almohadón.

Juan Carlos Onetti

6. GLOTONES DE DORMICION

Un hombre que duerme

Eres un ocioso, un sonámbulo, una ostra. Las definiciones varían según la hora, según el día, pero el sentido queda más o menos claro: te sientes poco preparado para vivir, para actuar, para crear; no quieres más que durar, no quieres más que la espera y el olvido.

(...)

Tu buhardilla es la más bella de las islas desiertas, y París es un desierto que nadie ha atravesado jamás. No necesitas nada aparte de esta calma, este sueño, este silencio, este torpor. Que los días comiencen y que los días terminen, que el tiempo transcurra, que tu boca se cierre, que los músculos de tu nuca, de tu mandíbula, de tu mentón, se relajen por completo, que sólo el subir y bajar de tu caja torácica, los latidos de tu corazón, sigan dando fe de tu paciente supervivencia.

No desear ya nada. Esperar, hasta que ya no haya nada que esperar. Deambular, dormir.

(...)

Regresas a tu cuartucho y te dejas caer sobre tu banco demasiado estrecho. Duermes con los ojos bien abiertos, como los idiotas. Cuentas, organizas las grietas del techo. La conjunción de sombras y manchas y las variaciones de acomodación y de orientación de tu mirada producen sin esfuerzo, lentamente, decenas de formas nacientes, organizaciones frágiles que sólo puedes asir durante un instante, fijándolas en un nombre: viña, virus, villa, villano, visaje, antes de que se disloquen y todo vuelva a comenzar: la aparición de un gesto, de un movimiento, de una silueta, esbozo de un signo vacío que dejas crecer, azar que se precisa: un ojo que te observa, un hombre que duerme, un remolino, ligero balanceo de veleros, pedazo de árbol, rama desintegrada, preservada, reencontrada, de cuyo interior emerge, constituyéndose punto por punto, otra vez el inicio de un rostro, apenas distinto del de hace un rato, más sombrío tal vez, o más atento, rostro en suspenso en el cual buscas inútilmente las orejas, los ojos, el cuello, una frente, reteniendo, encontrando, para perderlas enseguida, únicamente la huella de una sonrisa ambigua, la sombra de una nariz que acaso prolonga la marca –infamante o gloriosa, ¿quién sabe?– de una cicatriz.

(...)

Es de noche. De vez en cuando un automóvil pasa como un rayo. La gota de agua cae del grifo del rellano. Tu vecino está callado, tal vez ausente, o ya muerto. Estás acostado, completamente vestido, sobre el banco, con las manos cruzadas detrás de la nuca y las rodillas en alto. Cierras los ojos, los abres. Formas víricas, microbianas, en el interior de tu ojo o en la superficie de tu córnea, flotan lentamente de abajo arriba, desaparecen, regresan de pronto al centro, apenas distintas, discos o burbujas, briznas, filamentos torcidos cuya disposición forma una especie de animal casi fantástico. Les pierdes la pista, vuelves a encontrarlos; te frotas los ojos y los filamentos explotan, se multiplican.

Pasa el tiempo, te vas adormeciendo. Dejas el libro abierto a tu lado, sobre el banco. Todo es vago, zumbante. Tu respiración es sorprendentemente regular. Un bichito negro probablemente irreal abre una brecha insospechada en el laberinto de las grietas del techo.

(...)

Caminas o no caminas. Duermes o no duermes.

(...)

A veces, te quedas tres, cuatro, cinco días en tu habitación, no sabes cuánto. Duermes casi sin parar, lavas tus calcetines, tus dos camisas.

(...)

Ahora vives en lo inagotable. Cada día está hecho de silencios y de ruidos, de luces y de oscuridades, de espesores, de esperas, de escalofríos. Sólo se trata de perderte, una vez más, para siempre, cada vez más, de errar sin fin, de conciliar el sueño, cierta paz del cuerpo: abandono, lasitud, adormecimiento, deriva.

(...)

Ahora eres el dueño anónimo del mundo, aquel sobre el cual

la historia ya no tiene poder, aquel que ya no siente caer la lluvia, que ya no ve venir la noche.

(...)

Te ves, te ves verte, te miras mirarte. Aunque te despertaras, tu visión permanecería idéntica, inmutable. Aunque lograras añadirte miles, millones de párpados, estaría aún, detrás, ese ojo, para verte. No estás dormido, pero el sueño ya no vendrá. No estás despierto y no te despertarás jamás. No estás muerto y ni siquiera la muerte sería capaz de liberarte.

Georges Perec

El portero no estaba

El portero no estaba.
Estaba la luz sobre las pobres camas
deshechas. Y sobre la mesa
dormía un muchachón
bellísimo.
Salió de entre sus brazos
anudados, dudando, un gatito.

Sandro Penna

Colibrí

Se acostaron en una estera de bejucos y yaguas, armada junto a un arroyuelo. Como un animal enfermo y confiado, el Japonesón volvió a dormirse. Entonces Colibrí se acercó lentamente a su cuerpo liso, que animaba apenas una respiración profunda y pausada; a su cara, que recorrían temblores minúsculos; a los ojos rasgados.

Se sacó de la boca un grano de jade. Le abrió los labios al durmiente y se lo puso en la lengua. Con cuidado, casi con amor, le lamió la cicatriz del párpado.

Severo Sarduy

Placeres nocturnos

También nosotros nos detenemos a sentir la noche
en el instante en que el viento es más desnudo: las calles
están frías por el viento, todo olor ha terminado;
las narices se alzan hacia las luces oscilantes.

Todos tenemos una casa que espera en la oscuridad
nuestro regreso: una mujer nos espera en la oscuridad
tendida en el sueño: el cuarto hierve de olores.
No sabe nada del viento la mujer que duerme
y respira; el calor de su cuerpo
es el mismo de la sangre que murmura en nosotros.

Ese viento nos lava, llega desde el fondo
de las calles desmesuradamente abiertas en lo oscuro; las luces
oscilantes y nuestras narices contraídas
se debaten desnudas. Todo olor es recuerdo.
Lejos, en lo oscuro, surgió ese viento
que se abate sobre la ciudad: allá en los prados y colinas,
donde también hay una hierba que el sol ha escaldado
y una tierra ennegrecida de humores. Nuestro recuerdo
es un vaho áspero, la poca dulzura
de la tierra desventrada que exhala en invierno
su aliento profundo. Todo olor se ha extinguido
en lo oscuro, y a la ciudad sólo nos llega el viento.

Volveremos esta noche a la mujer que duerme,
con los dedos helados a buscar su cuerpo,
y un calor nos sacudirá la sangre, un calor de tierra
ennegrecida de humores, un aliento de vida.
También ella se ha escaldado al sol y ahora descubre
en su desnudez su vida más dulce
con ese sabor a tierra que de día desaparece.

Cesare Pavese

Memorias de una sobreviviente

La mujer había terminado de rascarse y se ponía ahora un pijama de algodón con lunares con el que parecía una colegiala feliz. En su cara se leía glotonería de... dormir. Mentalmente ya estaba hundiéndose en el sueño. Con gran destreza se metió en la cama, como si su marido no existiera y en un instante más se tendió y le volvió la espalda. Bostezó. Entonces recordó que él estaba allí. Había algo que debía hacer antes de entregarse a aquel supremo placer. Volviéndose, le dijo: –Buenas noches, viejo–, y luego fue como si la chuparan hacia adentro y allí quedó, dormida, la cara vuelta hacia él. Y él siguió sentado, fumando, y ahora la examinaba con toda calma. Estaban en él la burla, la incredulidad y al mismo tiempo una austeridad que había comenzado, aparentemente, con una especie de cansancio moral, incluso una falta de vitalidad, y que hacía mucho tiempo se había convertido en una sentencia pesada contra él y otros como él.

Apagó ahora el cigarrillo, se levantó de la silla, despacio, como si temiera despertar a un niño. Pasó al cuarto contiguo, el de los niños, con sus cortinados de terciopelo rojo, y su blanco, blanco, blanco en todas partes. Dos cunas, una pequeña, una grande. Caminaba con mucho cuidado, hombre grande entre un millar de pequeños objetos de cuarto de niños. Dejó atrás la cuna pequeña y se acercó a la grande. Se detuvo al pie y contempló a la niñita ya dormida. Las mejillas eran llamaradas escarlata. En la frente aparecían gotas de transpiración. Tenía el sueño muy liviano. Mientras él la miraba, apartó con los pies la ropa de la cama, dio media vuelta y quedó tendida, el camisón arrollado alrededor de la cintura, mostrando nalgas menudas y la parte posterior de piernas bonitas. El hombre se inclinó más y contempló, contempló... un ruido en el dormitorio, su mujer que se daba vuelta en la cama y tal vez decía algo en sueños, lo que hizo que él se irguiera y adoptara una expresión... culpable, pero a la vez desafiante y, sobre todo, de enojo. ¿Enojo por qué? Por todo, ésa es la respuesta. Reinó el silencio otra vez. Abajo, en aquella casa alta, un reloj dio la hora. No eran más que las once. La niñita volvió a agitarse y quedó tendida de espaldas, desnuda, el vientre combado, la vulva visible. En el rostro del hombre apareció una emoción más sobre las ya escritas en él. De pronto, pero a pesar de todo sin violencia, cubrió a su hijita con la manta y la ajustó bien a los costados del colchón. Inmediatamente la niña comenzó a lloriquear y agitarse. Hacía demasiado calor en el cuarto. Las ventanas estaban cerradas. Entonces dio media vuelta y salió del cuarto de los niños, sin volver a mirar las dos cunas: en una el bebé dormía silencioso, con la boca abierta, pero en la otra la niña se agitaba y luchaba por salir, salir, salir.

Doris Lessing

Oscura palabra

Esta noche yo te siento apoyada en la luz de mi lámpara,
yo te siento acodada en mi corazón;
un ligero temblor del lado de la noche,
un silencio traído sin esfuerzo al despertar de los labios.

Siento tus ojos cerrados formando parte de esta luz;
yo sé que no duermes como no duermen los que se han perdido
/en el mar,
los que se hallan tendidos en un claro de la selva más profunda
sin buscar la estrella polar.
Esta noche hay algo tuyo sin mí aquí presente,
y tus manos están abiertas donde no me conoces.

Y eso me pertenece ahora;
la visión de esa mano tendida como se deja el mundo que la
/noche no tuvo.

Tu mano entregada a mí como una
adopción de las sombras.

José Carlos Becerra

Olvido de caracol: espejo

A tu lado despierto. Estás dormida.
En tu vientre que yace sin urgencia

Reconstruye la noche su cadencia
Y desprende otra rama de la vida,

Oscura claridad, sal encendida;
A mitad de tu cuerpo es consistencia
El minuto que fluye en la conciencia
Rescoldos de materia consumida.

Se repite la sombra en los espejos
Que bifurcan, inmóviles, reflejos
Del día que vendrá, del que ha partido

Dejándonos el sueño más gastado,
Más desnuda la piel, y en el olvido,
El otoño que vuelve desterrado.

Jorge Valdés Díaz Vélez

Golosa

"Está golosa de sueño", se dice de una amante que gusta de hacer dormir a su amante. Se emplea también para una amante que se complace durmiendo.

Monique Wittig-Sande Zeig

Mi dama puede dormir

Mi dama puede dormir
Sobre un pañuelo
O si fuera otoño
Sobre una hoja caída.

He visto a los cazadores
De rodillas a sus pies–
Incluso en su sueño

Se aparta de ellos.

El único presente que le ofrecen
Es su eterno dolor–
Yo busco en mis bolsillos
Una hoja o un pañuelo.

Leonard Cohen

Tatiana

X

Tatiana se quitó el cinto de seda, se desvistió y se acostó en su camita. Por encima de su cabecita revolotea el dulce Lel, y debajo de su blanda almohada descansa su espejo de mano. Todo está tranquilo. Tatiana duerme.

XI

Tatiana tiene un sueño muy extraño; sueña que va por el claro de un bosque cubierto de nieve y envuelto en una melancólica penumbra; en su camino, entre montículos de nieve, corre, agitado y oscuro, coronado por blancas crestas, un torrente aún no domado por el hielo invernal; dos endebles varas, apenas unidas por un trozo de hielo, cruzan la correntada a manera de puente vacilante y peligroso. Llena de perplejidad, Tatiana se detiene ante el rumoroso abismo.

XII

El arroyo, como una fastidiosa dificultad, molesta a Tatiana; no ve a nadie que pudiera tenderle una mano desde la otra orilla. De pronto se mueve un montículo de nieve... ¿quién aparece debajo de él? Un enorme oso de piel erizada; Tatiana exhala un ¡oh!, el oso brama y le tiende su pata de afiladas garras. Ella, sobreponiéndose al miedo, apoya en él su mano temblorosa y, con paso medroso, cruza el arroyo; luego sigue su camino..., y el oso tras ella.

XIII

La muchacha apura el paso, sin atreverse a mirar atrás, pero de ningún modo logra escapar del hirsuto lacayo; el oso, gruñendo, sigue sus pasos. Llegan a un bosque: inmóviles en su ceñuda belleza aparecen los pinos con las ramas cargadas de nieve; a través de las desnudas coronas de abedules y tilos relumbran los astros nocturnos. No hay camino: la nevisca cubrió con manto profundo arbustos y barrancos.

XIV

Tatiana se interna en el bosque y el oso la sigue; la blanda nieve le llega a las rodillas. Largas ramas le enganchan el cuello, la arañan, y luego le arrancan con fuerza los dorados aros de sus orejas. De pronto el mojado zapatito de su adorable pie queda preso en la nieve quebradiza; de pronto deja caer el pañuelo, no tiene tiempo de alzarlo, y corre atemorizada por las pisadas del oso que se hunden a sus espaldas. Hasta tiene vergüenza de recoger el ruedo de su vestido; corre, corre, siempre seguida por el oso, ya le faltan fuerzas para continuar su carrera.

XV

Cae sobre la nieve; el oso la levanta con destreza y se la lleva. Semidesvanecida, Tatiana le obedece, no se atreve a moverse, no se atreve casi a respirar. El oso la lleva corriendo por el camino boscoso; de pronto, entre la espesura, solitaria y cubierta de nieve, aparece una miserable casucha. La ventana está claramente iluminada y desde su interior se escucha un fuerte griterío. El oso dice: "Aquí vive mi compadre, entra para calentarte un poco". Luego se dirige al zaguán y la deposita en el umbral.

XVI

Tatiana reacciona y mira: el oso ha desaparecido. Comprende que se halla en el umbral de su casa; detrás de la puerta se escuchan gritos y tintineo de vasos, como en un gran funeral. Sin entender nada de lo que pasa, atisba cautelosamente por la rendija. ¿Qué es lo que ve?..., monstruos, monstruos alrededor de la mesa: uno cornudo, con hocico de perro, otro con cabeza de gallo, más allá una bruja con barba de chivo, y un esqueleto ceremonioso y soberbio, y un enano con rabo, y un extraño engendro mitad grulla y mitad gato.

XVII

Pero hay otros, aun más horrendos, aun más estrafalarios; un cangrejo monta sobre una araña, y sobre su cuello de ganso gira una calavera de rojo bonete; un molino baila en cuclillas, sacudiendo ruidosamente sus aspas; se escuchan ladridos, risotadas, cantos, silbidos, golpes, voces humanas y un patalear de caballos. Pero, ¿qué habrá pensado Tatiana al reconocer entre los concurrentes a su tan querido y a la vez temido héroe de nuestra novela? Onieguin, sí, Onieguin está sentado a la mesa y desde allí observa furtivamente la puerta.

Alexander Pushkin

7. DORMIRES DIVINOS Y VIOLACIONES MITOLOGICAS

Durmiendo en el pecho
de una tierna amiga...

Safo

Blancanieves y los siete enanitos

Y la pobre niña se quedó en el inmenso bosque sola y desamparada; tenía tanto miedo que se quedó mirando las hojas de los árboles sin saber qué hacer. Luego empezó a caminar sobre las puntiagudas piedras y las espinas, y las fieras pasaban a su lado sin hacerle nada. Caminó mientras sus piernas la sostuvieron, hasta que empezó a oscurecer; entonces vio una pequeña casita y entró a ella a descansar. En la casita todo era diminuto, pero tan bonito y limpio que daba gusto verlo. Había una mesita cubierta con un mantelito blanco, y sobre la mesita había siete platitos, cada uno con su cucharita, y además siete cuchillitos, siete tenedorcitos y siete vasitos. Junto a la pared se encontraban dispuestas, una junto a otra, siete camitas cubiertas por sábanas tan blancas como la nieve.

Blancanieves, como tenía hambre y sed, comió de cada platito un poco de verdura y pan, y bebió de cada vasito un sorbo de vino; pues no quería quitárselo todo a uno. Después, como tenía sueño, fue echándose en las camitas, pues ninguna era de su medida: una era muy larga, otra muy corta, hasta que la séptima le vino bien, y en ella se quedó, rezó y durmió.

Cuando se hizo de noche llegaron los dueños de la casita: eran siete enanitos que cavaban y horadaban los montes buscando minerales. Encendieron sus siete lamparitas y, al iluminar la casita, vieron que alguien había estado allí, pues nada se encontraba tal como lo habían dejado.

Dijo el primero:

–¿Quién se ha sentado en mi sillita?

El segundo:

–¿Quién ha comido de mi platito?

El tercero:

–¿Quién ha cortado un trozo de mi pancito?

El cuarto:

–¿Quién ha comido de mi verdurita?

El quinto:

–¿Quién ha pinchado con mi tenedorcito?

El sexto:

–¿Quién ha cortado con mi cuchillito?

El séptimo:

–¿Quién ha bebido de mi vasito?

Luego el primero miró alrededor y, viendo que en su cama había un ligero hueco, dijo:

–¿Quién se ha echado en mi camita?

Acudieron presurosos los demás y exclamaron a la vez:

–También alguien se ha echado en la mía.

Pero el séptimo, al examinar la suya, descubrió a Blancanieves dormida. Entonces llamó a los demás, que se acercaron corriendo y gritaron llenos de admiración; trajeron luego sus siete lamparitas e iluminaron a Blancanieves.

–¡Oh, Dios mío! ¡Oh, Dios mío! –exclamaban–; ¡qué preciosidad de niña! Y fue tal su alegría que decidieron no despertarla, sino dejarla dormir en la camita. Y el séptimo enanito durmió con sus compañeros, una hora con cada uno de ellos: y así pasaron la noche.

Hermanos Grimm

Subida al Monte Carmelo

¡Oh noche, que guiaste,
Oh noche amable más que la alborada;
Oh noche, que juntaste

Amado con amada,
Amada en el Amado transformada!

En mi pecho florido,
Que entero para El sólo se guardaba,
Allí quedó dormido,
Y yo le regalaba,
Y el ventalle de cedros aire daba.

El aire del almena,
Cuando yo sus cabellos esparcía,
Con su mano serena
En mi cuello hería,
Y todos mis sentidos suspendía.

Quedéme, y olvidéme,
El rostro incliné sobre el Amado,
Cesó todo, y dejéme,
Dejando mi cuidado
Entre las azucenas olvidado.

San Juan de la Cruz

La violación de Lucrecia

El que percibe la escondida serpiente se aparta a un lado, pero Lucrecia, que está dormida profundamente y no teme nada semejante, yace a merced de su mortal pujanza.

*

El príncipe avanza perversamente por la alcoba y contempla su lecho todavía inmaculado. Corridas las cortinas, ronda a su alrededor, y sus ojos llenos de hambre giran en sus órbitas. Su corazón está alucinado por su enorme traición, que da enseguida a su mano la voz de orden para apartar la nube que envuelve la plateada luna.

*

¡Ved! Como el refulgente sol de rayos de fuego que, cuando se precipita fuera de una nube, deslumbra nuestra vista. Así, una vez entreabiertas las cortinas, los ojos de Tarquino comienzan a parpadear cegados por una luz mayor. Los ofusque el resplandor de Lucrecia o un aparente resto de pudor, la verdad es que se nublan y permanecen cerrados.

*

¡Oh! ¡Que no quedaran muertos en su tenebrosa prisión! Habrían visto entonces el fin de su maldad, y Colatino hubiera podido reposar todavía junto a Lucrecia en su siempre honorable tálamo. Pero es necesario que se abran para matar esta unión bendita; y la Lucrecia de santas intenciones tiene que abandonar, a la vista de ellos, su alegría, su existencia y su satisfacción del mundo.

*

Su mano de lirio descansa bajo su mejilla de rosa, frustrando un beso legítimo a la almohada, que, colérica, parece dividirse en dos, inflándose de enojos en ambos lados para carecer de su gloria. En medio de estas dos colinas, su cabeza reposa como en una tumba. Y así se ofrece, semejante a una sagrada efigie, a los ojos libertinos y profanos.

*

Su otra bella mano, fuera del lecho, se posaba sobre la verde colcha; su perfecta blancura, que bañaba un sudor de perla semejante al rocío de la noche, la mostraba como una margarita de abril sobre el césped. Sus ojos, igual que caléndulas, habían cerrado su brillante cáliz y descansaban engastados dulcemente bajo un dosel de sombras, hasta que pudieran abrirse para ataviar el día.

*

Sus cabellos, como hilos de oro, jugaban con su aliento. ¡Oh castidad voluptuosa! ¡Voluptuosidad casta! Parodiaban el triunfo de la vida en el mapa de la muerte, y el aspecto sombrío de la muerte en el eclipse de la vida. En el dormir de Lucrecia, vida y muerte eran tan bellas como si entre ellas no existiera ningún combate, sino que habría podido decirse que la vida vivía en la muerte y la muerte en la vida.

*

Sus pechos, globos de marfil circundados de azul, pareja de mundos vírgenes todavía sin conquistar, no conocían otro yugo que el de su señor, y a él le eran fieles bajo la fe del juramento. Estos mundos engendran en Tarquino una nueva ambición, y, como usurpador criminal, viene a derribar del hermoso trono a su legítimo dueño.

*

¿Qué podía ver en que no reparara con toda la fuerza de su admiración? ¿En qué podía reparar que no codiciase con toda la fuerza de su deseo? Cuanto contempla le hace delirar en incesante frenesí, y su mirada ansiosa se ceba en sus ansias. Con más que admiración admira las azules venas de ella, su cutis de alabastro, sus labios de coral y los hoyuelos de su mentón, blancos como la nieve.

*

A semejanza del feroz león que juega con su presa cuando el placer de la victoria enerva un momento la esperanza de su hambre, así Tarquino gózase ante esta alma dormida. La rabia de su deseo queda amortiguada por la contemplación, contenida, pero no domada, pues hallándose tan cerca, sus ojos, que han restringido un instante esta rebelión, excitan a sus venas con mayor alboroto.

*

Y ellas, como esclavos vagabundos que combaten por el pillaje, vasallos endurecidos por crueles hazañas que se complacen en el sangriento asesinato y en la violación y no respetan lágrimas de niños ni lamentos de madres, se hinchan en su orgullo, en espera del ansiado enfrentamiento. Inmediatamente, su corazón palpitante da la señal de alarma para la fogosa embestida y, batiendo carga, les ordena obrar a su gusto.

*

El corazón arrebatado infunde ardor a los encendidos ojos; los ojos transmiten dirección a la mano; la mano, como orgullosa de tal dignidad, humeante de soberbia, marcha a tomar puesto en el desnudo pecho de Lucrecia dormida, y dentro de todo su territorio corporal. Y en el momento en que intenta escalarlo, las filas de venas azules del seno abandonan sus torrecillas redondas y las dejan desamparadas y pálidas.

*

Los azules centinelas se dirigen en tropel a la tranquila recámara en que reposa su dueña y querida soberana, le avisan que está peligrosamente asediada, y la atemorizan con la confusión de sus gritos. Ella, muy sobresaltada, abre bruscamente sus ojos cerrados por el sueño, y éstos, al asomarse para apreciar el tumulto, quedan deslumbrados y vencidos por la humeante antorcha.

William Shakespeare

Primero sueño

El viento sosegado, el can dormido,
éste yace, aquél quedo
los átomos no mueve,
con el susurro hacer temiendo leve,
aunque poco, sacrílego rüido,
violador del silencio sosegado.
El mar, no ya alterado,
ni aun la instable mecía
cerúlea cuna donde el Sol dormía;
y los dormidos, siempre mudos, peces,
en los lechos lamosos
de sus obscuros senos cavernosos,
mudos eran dos veces;
y entre ellos, la engañosa encantadora
Alcione, a los que antes
en peces transformó, simples amantes,
transformada también, vengaba ahora.

En los del monte senos escondidos,
cóncavos de peñascos mal formados
–de su aspereza menos defendidos
que de su obscuridad asegurados–,

cuya mansión sombría
ser puede noche en la mitad del día,
incógnita aún al cierto
montaraz pie del cazador experto
–depuesta la fiereza
de unos, y de otros el temor depuesto–
yacía el vulgo bruto,
a la Naturaleza
el de su potestad pagando impuesto,
universal tributo;
y el Rey, que vigilancias afectaba,
aun con abiertos ojos no velaba.

El de sus mismos perros acosado,
monarca en otro tiempo esclarecido,
tímido ya venado,
con vigilante oído,
del sosegado ambiente
al menor perceptible movimiento
que los átomos muda,
la oreja alterna aguda
y el leve rumor siente
que aun lo altera dormido.
Y en la quietud del nido,
que de brozas y lodo instable hamaca
formó en la más opaca
parte del árbol, duerme recogida
la leve turba, descansando el viento
del que le corta, alado movimiento.

De Júpiter el ave generosa
–como al fin Reina–, por no darse entera
al descanso, que vicio considera
de no incurrir de omisa en el exceso,
a un solo pie librada fía el peso,
y en otro guarda el cálculo pequeño
–despertador reloj del leve sueño–,
porque, si necesario fue admitido,
no pueda dilatarse continuado,
antes interrumpido

del regio sea pastoral cuidado.
¡Oh de la Majestad pensión gravosa,
que aun el menor descuido no perdona!
Causa, quizá, que ha hecho misteriosa,
circular, denotando, la corona,
en círculo dorado,
que el afán es no menos continuado.

El sueño todo, en fin, lo poseía;
todo, en fin, el silencio lo ocupaba:
aun el ladrón dormía,
aun el amante no se desvelaba.

Sor Juana Inés de la Cruz

Desde que partió...

No me traigáis más peonías,
sino ramas de ciprés.

Cuando el sol desaparece
detrás de las montañas, me pongo
mi veste azul, de mangas levísimas.

Voy a dormir entre los bambúes
que le agradan a ella.

La flauta de jade

El pabellón de la seda

Puesto que el invierno ha petrificado las cascadas y deshojado los caneleros del jardín, puesto que no volveremos a ver durante mucho tiempo a las urracas, las libélulas y las peonías, vayamos al Pabellón de la Seda, donde brillan arroyos entre los árboles colmados de flores y de pájaros.

Para que oigas parlotear a las urracas bordadas, te cantaré la Canción del Nacimiento de la Primavera, y no tendrás más que cerrar los ojos para creerte junto a la ribera del Tchiang-hang, el tercer día de la tercera luna.

Tal vez, te adormecerás. Entonces, te daré besos tan leves, que creerás sentir palpitar junto a tus mejillas alas de libélulas.

La flauta de jade

La joven criada

2

Ella se afana silenciosa en la alcoba;
hace tiempo que el cortijo está desierto.
En los saúcos, enfrente de la alcoba
se encuentra un mirlo que trina lastimero.

La mira su plateada imagen del espejo
como a una extraña en la luz crepuscular,
y al palidecer la imagen en el espejo,
la domina el horror de su propia pureza.

Como en sueños canta un mozo en la noche,
la punzante tristeza la deja absorta,
se vierte el rubor a través de la noche.
Un súbito viento sacude la puerta.

3

Durante la noche en una árida pradera
ella está agitada por sueños febriles.
Plañe gruñón el viento en la pradera
y desde los árboles la luna escucha.

Pronto en torno las estrellas palidecen
y agotada por todas las ansiedades
como cera sus mejillas palidecen.

Se huele la podredumbre de la tierra.

El junco susurra doliente en la charca
y el frío la hiela toda acurrucada.
Canta un gallo a lo lejos. Sobre la charca
áspera y gris se estremece la mañana.

Georg Trakl

Tristán e Isolda

Pero, según dice la historia, y Béroul la leyó, jamás hubo amantes que se amaran tanto, ni que la hayan pagado tan caro.

La reina se levanta para recibirlo. El calor es pesado y los molesta mucho. Tristán la abraza.

–Amigo, ¿dónde has estado?

–Fui a cazar un ciervo, y estoy exhausto. Tanto tiempo lo he perseguido, que todo el cuerpo me duele. Tengo sueño; quiero dormir.

La cabaña estaba hecha de verdes ramas; la habían adornado con hojas, y habían alfombrado el suelo con hierba. Isolda fue la primera en acostarse; Tristán la imitó. Se quitó la espada y la colocó entre los dos. Isolda conservó puesta su camisa: si ese día hubiera estado desnuda, una gran desgracia les habría sucedido. Tristán, por su parte, se quedó con las bragas. La reina tenía en el dedo un anillo de oro con grandes esmeraldas que le había dado el rey en ocasión de su matrimonio. Su dedo estaba tan delgado, que con dificultad el anillo permanecía en él. Escuchen cómo se acostaron esa noche: Tristán puso su brazo bajo la nuca de Isolda, y el otro, me parece, lo dejó descansar sobre el cuerpo de su amiga. Ella lo abrazó tiernamente, y Tristán la estrechó entre sus brazos. Su amor no podía ocultarse. Sus labios casi se tocaban, y, sin embargo, no se alcanzaban a juntar. No soplaba el viento, ni una hoja se movía. Un rayo de sol descendía sobre la faz de Isolda, que brillaba más que el cristal. Así se durmieron los amantes, con la conciencia tranquila. Estaban solos en ese lugar, pues Governal, eso creo, se había ido con su caballo a la zona del guardabosques. Se había llevado a su buen caballo.

Escuchen, señores, esta aventura: estuvo a punto de causarles un gran sufrimiento. Por el bosque llegó un guardabosques que había descubierto los refugios en que habían dormido. Caminó tanto, siguiendo sus huellas, que por fin dio con la cabaña en que Tristán se había instalado.

El guardabosques ve a los amantes dormidos, y los reconoce. Se pone pálido y se angustia. Se va de inmediato, pues sabe que, si Tristán se despierta, tendrá que dejarle en prenda su cabeza. No es, pues, de extrañar que huya. Tampoco es de extrañar que no quiera volver a pisar el bosque.

Tristán y su amiga duermen. Estuvieron a punto de morir. El lugar en el que descansan está a unas dos leguas de la corte del rey. El guardabosques llega a toda velocidad, pues está al tanto de la proclama que se ha hecho en relación a Tristán: el que dé al rey una pista para encontrarlo, será bien recompensado.

(...)

El rey se quita el abrigo cuyos broches son de oro puro. Una vez que se ha despojado de él, se ve que su cuerpo es hermoso. Desenvaina su espada y avanza, furioso; varias veces se dice que morirá si no logra matarlos. Con la espada en la mano, entra en la choza. El guardabosques, que no se separa de él, lo sigue. Marc le hace una seña de que se vaya, y, lleno de cólera, levanta su arma; duda un poco. Está a punto de dejar caer la espada (¡qué desgracia si los hubiera matado!), cuando se da cuenta de que Isolda tiene puesta su camisa, que están separados, que sus labios no se juntan; y al ver la espada desenvainada que está entre los dos, observa que Tristán lleva puestas las bragas.

(...)

El rey se quita los guantes. Ve a la pareja dormida. Muy bien sirven los guantes para impedir que el rayo del sol caiga en el rostro de Isolda. Ve el anillo que parece flotar en el dedo de la reina. Se lo quita suavemente, sin ningún movimiento brusco.

(...)

Toma la espada que estaba entre los amantes y la cambia por la suya. Sale de la cabaña. Llega hasta su caballo, y lo monta. Le dice al guardabosques que se vaya, que dé media vuelta y se aleje.

El rey se va y los deja durmiendo. Por esta vez no piensa castigarlos.

Béroul

Las danzas nocturnas

Una sonrisa tuya cae en la hierba
Y se pierde para siempre.

¿Y dónde se extraviarán
Tus danzas nocturnas? ¿En las matemáticas?

Saltos y espirales tan puros–
Sin duda recorren

Eternamente el mundo, y no me quedaré
Despojada de belleza: el don

De tu pequeña vida, tu olor
A pasto mojado cuando duermes, azucenas,
azucenas

Que no pueden compararse con tu carne.

Sylvia Plath

Casandra

El don de profecía. Eso era. Un terror ardiente. Había soñado con él. Creerme... no creerme... ya veríamos. Después de todo era imposible que la gente no creyera a la larga a alguien que demostrara tener razón.

Hasta me había ganado a Hécuba, mi escéptica madre. Entonces recordó una historia muy antigua. Pártena mi nodriza tenía que difundirla, de ningún modo dependíamos de los sueños: en nuestro segundo cumpleaños, los dos gemelos, mi hermano Héleno y yo, nos quedamos dormidos en la floresta del Apolo Timbreo, dejados solos por nuestros padres y mal guardados por nuestra nodriza, que se durmió también, sin duda un tanto aletargada por el placer del vino dulce y pesado. Pero Hécuba, que nos estaba buscando, tuvo que ver con espanto cómo las serpientes sagradas del templo se habían acercado a nosotros y nos lamían las orejas. Con fuertes palmadas ahuyentó a las serpientes, despertando al mismo tiempo a la nodriza y los niños. Pero desde entonces lo supo: aquellos dos hijos suyos habían recibido de la divinidad el don de profecía... De veras, preguntaba la gente, y Pártena, mi nodriza, cuantas más veces contaba la historia tanto más firmemente creía en ella. Todavía me acuerdo, el celo de Hécuba me dejaba un gusto raro, me parecía que iba demasiado lejos, y sin embargo confirmaba lo que yo quería creer: yo, Casandra, y ninguna de las otras doce hijas de Príamo y de Hécuba, había sido destinada por el dios mismo a ser profetisa. ¿Qué podía ser más natural que servirle también como sacerdotisa en su santuario?

Christa Wolf

Eva

I

Durante el sueño de Eva, los perros, lanzados al labiado seno de la noche,
despellejan su ardor hasta lo rosa.
Pero ella ¡cómo se estremece
y apoya sobre la híspida avaricia de los momentos
que no alcanzan con el pie el fondo del macho
y sobre el seno al que huele la boca al sacar la razón!
¡Y cómo la estremece la soterrada
dependencia de la escritura de ciegos del placer,
del erizado tanteo y del alzarse de la palabra original
que teme al silencio ya caduco de la muerte!

II

Pero relincha por su columna
un destello de yerba de adolescente o de hombre maduro
y ella, espléndida, con las cejas pintadas con un trozo de costilla
/quemada del último de los castrados,
con los pechos que abandonaron bocas conocidas

por besos desconocidos,
y los muslos en camino
por los calvarios de la tentación,
se estrecha contra sí: esquiva, enternecedora,
astuta, inconstante y compasiva...

Pero ¿quién no sintió alguna vez el sexo
como un corte sin compasión
en la rama fundamental del Arbol de la Ciencia?

Vladimir Holan

Oda a Psiquis

¿Estaría hoy soñando, o vi realmente con ojos despiertos a Psiquis alada? Vagaba distraídamente a través de la selva cuando he ahí que, de improviso, desfalleciendo de sorpresa, vi a dos maravillosas criaturas, acostadas la una junto a la otra en medio de la hierba profunda, bajo la bóveda susurrante de hojas y de corolas trémulas, al lado de un arroyo apenas visible.

En medio de las flores calladas y fragantes, de hondas raíces frescas, azules, plateadas y purpúreas, yacen sosegadamente, sobre el césped mullido, entrelazados brazos y alas, sin tocarse los labios, pero sin haberse dicho adiós todavía, como si tan sólo acabase de separarlos la mano leve del sueño, pero prontos siempre a repetir el número de los besos pasados, apenas apunte el alba y con ella la tierna aurora de su amor. El alado mancebo me era conocido; pero, ¿quién eras tú, oh bienaventurada paloma? ¡Su fiel Psiquis!

John Keats

Los pasos

Sobre una cama de ébano, adornada
con águilas de coral, duerme profundamente

Nerón –inconsciente, tranquilo, feliz;
floreciendo en la salud de su carne
y en el hermoso ardor de su juventud.
Pero en la estancia de alabastro que cierra
el antiguo templo de los Enobardos
cuán inquietos están sus Lares.
Tiemblan todos aquellos pequeños dioses
y se esfuerzan por ocultar sus insignificantes cuerpos.
Porque han escuchado un sonido terrible,
un sonido de muerte subiendo la escalera;
pasos de hierro que hacen temblar los peldaños.
Y asustados los miserables Lares
se esconden en los rincones del templo,
uno sobre otro cayendo y tropezando,
un diosecillo sobre otro,
porque saben ya qué imagen es la de ese ruido,
han reconocido el paso de las Erinias.

Konstantino Kavafis

Discreción

La hermana del joven estaba durmiendo en el primer piso y él no podía evitar mirarla fijamente con insolencia. Estaba tan absorto con la visión que no había modo de evitar que su pene se endureciera como un leño. Procuró en vano hacerlo desentumecer, pero sus esfuerzos fueron inútiles. No pudiéndose refrenar ahorcajó a su hermana y delicadamente dejó que su pene buscara su destino. Era tan placentero que procedió a impeler tan profundamente como le era posible.

–¿Qué importunidad estás haciendo? –gritó sofocada su hermana mientras despertaba–. ¿Sabes lo que me estás haciendo?

El joven respondió confundido:

–Discúlpame. Lo sacaré inmediatamente.

Simulando no escucharlo dijo ella:

–El cielo te castigará más severamente si lo sacas.

Cuentos del Fukuyuso

Los siete durmientes

Los siete durmientes antes de abandonar
la luz y el color de la tierra,
los siete durmientes entonces gritaron
(ahuyentando sus temores finales):
"La belleza nunca se va a marchitar.
A nuestra caverna nos retiramos
condenados a dormir diez mil años.
Que ruede la roca sobre la abertura
y luego olvidadnos; quietos nos estamos:
duros y fríos yacen nuestros cuerpos.
La misma Tierra se alborotará antes de que
visitemos la terrena mortalidad.
La belleza cuando despertemos será
una soledad sobre la tierra y el mar".

Herbert Read

Otelo

Otelo entra, llevando una luz. Desdémona está dormida en su cama.

OTELO: ¡He ahí la causa! ¡He ahí la causa, alma mía! ¡Permitidme que no la nombre ante vosotras, castas estrellas! ¡He ahí la causa! Sin embargo, no quiero verter su sangre ni desgarrar su piel, más blanca que la nieve y tan lisa como el alabastro de un sepulcro. Pero debe morir, o engañará a más hombres. ¡Apaguemos la luz, y después apaguemos su luz! Si te extingo, agente de la claridad, y me arrepiento enseguida, podré reanimar tu primitiva llama..., pero una vez extinta tu luz ¡oh, tú, el modelo más acabado de la hábil naturaleza!, no sé dónde estará aquel fuego de Prometeo, capaz de volver a encenderla. Cuando haya arrancado tu rosa, no podré volver a darle tu potencia vital. (*Besando a Desdémona dormida.*) ¡Quiero aspirarla en el tallo! ¡Oh, aliento balsámico que casi persuade a la justicia de romper su espada! ¡Un beso más! ¡Otro aún! ¡Quédate así cuando estés muerta, y te mataré, y volveré a matarte! ¡Otro más! ¡El último! ¡Nunca beso tan dulce fue tan fatal! Lloro, pero mis lágrimas son crueles. ¡Este dolor es celestial: hiere allí donde se ama! ¡Se despierta!

William Shakespeare

Belfegor o la Pereza

En una fábrica de benéficos cojines, entró pues Su Excelencia la Señora Belfegor. Por supuesto, tratábase de un establecimiento pequeño, si se lo comparaba con los destinados a la gran industria, ya que estaba dedicado a un público restringido y especial. Entró y entró a trabajar, algo para ella tan desconcertante, tan enemigo de su idiosincrasia, que le costó vencer la repulsión de la servidumbre laboriosa que se impusiera. Al fin y al cabo, hay que valorar lo que significa que un demonio princesa, distinguido por la circunstancia particularísima de ser, además, el demonio y la princesa de la haraganería, llegara cotidianamente a la fábrica de cojines sentimentales, y se entregara, en el curso de largas, consecutivas horas, a rellenar almohadones. Integraban el personal dos mil obreros y obreras, cuyos sexos eran difíciles de discriminar –cuando se lograba–, tan bien habían alcanzado a unificarlos los métodos de Bêt-Bêt.

Lo primero que llamó la atención del personal con referencia a Belfegor, fue la disparidad de su volumen. Nadie pesaba lo que ella, no obstante la disminución que se había impuesto. A esa curiosidad se sumó la que derivaba de varios aspectos de su actitud. Trabajaba, trabajaba conscientemente, pues de otra suerte no hubiera podido permanecer en la manufactura, sin incurrir en sanciones muy graves, mas supo introducir en su modo de encarar la tarea, una languidez sutil –que no era, en realidad, al principio, más que una sombra, apenas un matiz delicado de la languidez–, cuya presencia, suave, melindrosa, tierna, meliflua, pero constante, suscitó la sorpresa de sus compañeros más próximos. No se les había ocurrido que eso, ese retoque, esa variación liviana y tensa del ritmo común, pudiese existir. Era algo tan extraño, que ellos también aminoraron la afanosa cadencia, para observar su quehacer. Observaron luego que, durante los breves espacios de descanso, en lugar de permanecer tiesa en su sitio y de tomar sellos o recibir masajes, para acumular vigor, la principiante gorda se tumbaba y dormía. Esto último era fantástico. Que a alguien se le ocurriese dormir, en el lapso corto que separa a una tarea de su prosecución, era fantástico. Y Belfegor (quién sabe si con un ojo abierto, porque, cuando dormía, lo hacía sólidamente) osaba sestear en dichas ocasiones.

Primero fue una; después fue otro; hubo una tercera; hubo un cuarto que, encogidamente al comienzo, y más adelante con ahínco, se atrevieron a copiar a Belfegor. Y no sólo eso: el ejemplo de su flojedad, de su enervación, de su "laisser aller", cundió en la fábrica. Los jefes intervinieron tarde: la fábrica entera dormía; la fábrica entera trabajaba cada vez menos... cada vez menos... Hasta que la fábrica se inmovilizó, en torno de Belfegor amorrongada. Era tan misterioso, tan poético, el espectáculo que ofrecía esa manufactura poblada por lirones, que los capataces, los empleados, los del directorio, los vigilantes y los abandonados robots, sucumbieron asimismo ante su soporoso influjo, como si los solicitasen centurias de sueño, y a ellas se rindiesen. Y puesto que muchos utilizaban, para apoyar las frentes o las nucas, los cojines sentimentales, la fábrica se colmó de arrullos, de nanas, de arrorrós, lo que coadyuvó a generar una calma de tan hondo aletargamiento, que ya nadie se levantó, ni despertó, ni comió, ni se fue a su casa, sino prosiguieron cabeceando y roncando.

En el año 2273, las noticias corrían a través del Mundo, más veloces que la luz. Las transmitían mentes aleccionadas al efecto. De inmediato se supo, doquiera, lo que acontecía en Bêt-Bêt. Y el Mundo se pasmó. No hubo ni motines, ni discursos incendiarios, ni atentados, ni horribles crímenes, ni heréticos que reclamaban la instalación de una libertad fundada en la violencia. Hubo sueño, mucho sueño. Sueño en los cinco continentes naturales, en los dos ficticios, en el submarino y en el aéreo. La gente se echó a dormir en los laboratorios, en las oficinas, en los anfiteatros y, más que en ningún sitio, en las fábricas. Dormía con la ingenua placidez con que los muertos duermen. Una estupenda cama se apoderó del globo.

Repentinamente, corroborando cuánto se la aguardaba y apetecía, la divinizada Pereza estableció su imperio místico. Se hizo presente, iluminadora, consoladora, con el poderío de una revelada religión.

(...)

Mientras se multiplicaban raudos, sincrónicos, acontecimientos espirituales de tanta monta, con su mencionada repercusión física, los demonios estaban en la América del Sur, tomando apuntes, ya que, obviamente, Belfegor no los necesitaba. Viajaban por placer, tras hacerlo por obligación. Allá los sobrecogieron las constancias de una anormalidad incomprensible. La gente dormía, como si viviese para dormir, como si la vida del sueño fuese la real, y no la otra, la del rutinario ajetreo. Y como la idea del sosiego total era inseparable de la esencia de Belfegor, las conectaron; temieron que algo monstruosamente extraordinario estuviera ocurriendo en Bêt-Bêt, y a Bêt-Bêt se volvieron, dando espuela y nafta a sus transportes. De paso, en tanto regresaban, pudieron comprobar que el Mundo se dormía. Dijérase que lo habían pulverizado con líquidos hipnóticos, con beleño autoritario. Se empantanaban las aguas de los océanos; se frenaba el fluir de los ríos; se anquilosaban los vientos y las brisas; se paraban las nubes; la lluvia se congelaba y entumecía, antes de caer; los animales se echaban; no había humo en las chimeneas, ni fuego en los colosales hornos; se detenían las bolas de billar, propicias a la meditación; nada, nada se movía. Unicamente ellos volaban, en medio de una Tierra que gozaba de una parálisis de extrema dulzura.

Llegaron a Bêt-Bêt y buscaron a Belfegor.

(...)

Y fue como si se internasen en un palacio encantado. O más bien en una catedral, colmada de adoradores del reciente culto. Cara al suelo o a las bóvedas cristalinas, dormían y respiraban broncamente, los obreros y las obreras. Dormían y soñaban y sonreían, plácidos, columpiados por las pieles de gato dormilón de los cojines sentimentales. Y en el centro de la grey horizontal, Belfegor, vertical y retraída, señera diabla-diosa de la pereza reconfortante, recuperado el caparazón y teniendo por soportes, como a cuatro cariátides, a sus cuatro monos, triunfaba. Excepcionalmente, no dormía. Dormían los demás. No requería dormir, porque ella era el sueño, y lo hilaba con sus manos regordetas, con tan paradójica eficacia que su telaraña cubría ya al vasto Mundo.

(...)

Canturriaban los almohadones, inmemoriales versos:

"Duérmete mi niño, duérmete mi sol..."

Como niños dormían, niños y ancianos. Y una paz sin precio descendía sobre la humana desazón.

Manuel Mujica Lainez

Sansón traicionado por Dalila

Después de esto, se enamoró de una mujer de la vaguada de Soreq, que se llamaba Dalila. Los tiranos de los filisteos subieron donde ella y le dijeron: "Sonsácale y entérate de dónde le viene esa fuerza tan enorme, y cómo podríamos dominarlo para amarrarlo y tenerlo sujeto. Nosotros te daremos cada uno mil cien siclos de plata".

Dalila dijo a Sansón: "Dime, por favor, ¿de dónde te viene esa fuerza tan grande y con qué habría que atarte para tenerte sujeto?". Sansón le respondió: "Si me amarran con siete cuerdas de arco todavía frescas, sin dejarlas secar, me debilitaría y sería como un hombre cualquiera". Los tiranos de los filisteos llevaron a Dalila siete cuerdas de arco frescas, sin secar aún, y lo amarró con ellas. Tenía ella hombres apostados en la alcoba y le gritó: "Los filisteos contra ti, Sansón". El rompió las cuerdas de arco como se rompe el hilo de estopa en cuanto siente el fuego. Así no se descubrió el secreto de la fuerza.

Entonces Dalila dijo a Sansón: "Te has reído de mí y me has dicho mentiras; dime pues, por favor, con qué habría que atarte". El le respondió: "Si me amarraran bien con cordeles nuevos sin usar, me debilitaría y sería como un hombre cualquiera". Dalila cogió unos cordeles nuevos, lo amarró con ellos y le gritó: "Los filisteos contra ti, Sansón". Tenía ella hombres apostados en la alcoba, pero él rompió los cordeles de sus brazos como un hilo.

Entonces Dalila dijo a Sansón: "Hasta ahora te has estado burlando de mí y no me has dicho más que mentiras. Dime con qué habría de amarrarte". El le respondió: "Si tejieras las siete trenzas de mi cabellera con la trama y las clavaras con la clavija del tejedor, me debilitaría y sería como un hombre cualquiera". Ella lo hizo dormir, tejió luego las siete trenzas de su cabellera con la trama, las clavó con la clavija y le gritó: "Los filisteos contra ti, Sansón". El se despertó de su sueño y arrancó la trama y la clavija. Así no se descubrió el secreto de su fuerza.

Dalila le dijo: "¿Cómo puedes decir: Te amo, si tu corazón no está conmigo? Tres veces te has reído ya de mí y no me has dicho en qué consiste esa fuerza tan grande". Como todos los días lo asediaba con sus palabras y lo importunaba, aburrido de la vida le abrió todo y le dijo: "La navaja no ha pasado jamás por mi cabeza, porque soy nazir de Dios desde el vientre de mi madre. Si me rasuraran, mi fuerza se retiraría de mí, me debilitaría y sería como un hombre cualquiera". Dalila comprendió entonces que le había abierto todo su corazón, mandó llamar a los tiranos de los filisteos y les dijo: "Venid esta vez, pues me ha abierto todo su corazón". Y los tiranos de los filisteos vinieron donde ella con el dinero en la mano. Ella hizo dormir a Sansón sobre sus rodillas y llamó a un hombre que le cortó las siete trenzas de su cabeza. Entonces ella comenzó a humillarlo, y se retiró de él su vigor. Ella gritó: "Los filisteos contra ti, Sansón". El se despertó de su sueño y se dijo: "Saldré como las otras veces y me desembarazaré". No sabía que Yahveh se había apartado de él. Los filisteos le echaron mano, le sacaron los ojos, y lo bajaron a Gaza. Allí lo ataron con una doble cadena de bronce y daba vueltas sin cesar a la muela en la cárcel.

Biblia de Jerusalén. Jueces, 16.23

La Tierra o Planeta Júpiter y sus espíritus y habitantes

Cuando los habitantes de ese planeta yacen acostados en el lecho, tienen sus rostros vueltos hacia arriba o inclinados hacia adelante, pero no hacia abajo o contra la pared. Esto me dijeron aquellos espíritus, quienes explicaron que la causa estaba en la creencia de que de esta manera siempre tienen sus rostros dirigidos hacia el Señor, y que de lo contrario tienen el rostro vuelto contra el Señor. Esto mismo me ha ocurrido a mí muchas veces estando en la cama, pero nunca me di cuenta hasta ahora de cuál era la razón de esto.

Inmanuel Swedenborg

Tristán e Iseo

X. El salto de la capilla

Pasaron la noche en una colina. Tristán se sentía tan seguro como si estuviera en un castillo rodeado de gruesas murallas y grandes fosos. El temor había agotado a la reina. Al caer el día sintió sueño y se durmió recostada sobre su amigo.
Mucho tiempo vivirían en el bosque salvaje. ¡Largo sería su destierro!

XI. El bosque de Morois

Un día, en sus correrías por el bosque, descubrieron un claro agradable y solitario. Tristán cortó ramas con su espada. Governal reunió el ramaje y construyeron dos cabañas que Iseo cubrió con hierbas y juncos. Cuando venía la noche, los amantes dormían el uno en brazos del otro. A veces oían aullar a los lobos, otras la lluvia caía, en medio del rugido sobrecogedor del viento, de los relámpagos y de los truenos. No tenían tapices, ni cojines, ni ricas alfombras; dormían sobre esteras de juncos. Pero se amaban tanto que la presencia del uno hacía olvidar al otro el dolor.

Versión de Alicia Yllera

8. SONAMBULOS, VIGIAS Y EXPLICADORES

Monelle

Llegué a un lugar muy estrecho y oscuro pero perfumado de un triste olor a violetas sofocadas. No había medio alguno de evitar ese lugar, que es como un largo pasaje y, tanteando a mi alrededor, toqué un cuerpecito acurrucado en el sueño como antes, rocé cabellos y pasé la mano por sobre una cara conocida; y me pareció que el pequeño rostro se fruncía bajo mis dedos y entonces, comprendí que había encontrado a Monelle, durmiendo solitaria en ese lugar oscuro.

Lancé una exclamación de sorpresa y le dije, pues ella no lloraba ni reía:

–¡Oh, Monelle! ¿Has venido, entonces, a dormir aquí, lejos de nosotros, como un paciente jerbo en lo profundo del surco?

Ella agrandó los ojos y entreabrió los labios, como hacía antes cuando no comprendía nada e imploraba una explicación a aquel a quien amaba.

–¡Oh, Monelle! –seguí diciéndole–. Los niños lloran en la casa vacía; los juguetes se cubren de polvo, la lamparita se ha apagado y todas las risas que estaban en todos los rincones han huido y la gente regresó al trabajo. Pero nosotros te creíamos en otra parte. Pensábamos que jugabas lejos de nosotros, en un lugar al que no podíamos llegar. Y he aquí que duermes, escondida como un animalito salvaje bajo la nieve que tanto amabas por su blancura.

Entonces ella habló y, cosa curiosa, su voz era la misma en ese lugar oscuro. Como me fue imposible contener el llanto, ella enjugó mis lágrimas con sus cabellos, pues carecía hasta de lo más necesario.

–Oh, mi querido –dijo–, no debes llorar; porque tú necesitas los ojos para trabajar, mientras se viva trabajando, y el día que anhelábamos no ha llegado aún. No debes quedarte en este lugar frío y oscuro.

Sollozando le pregunté:

–Pero tú temías a las tinieblas, ¿no es verdad, Monelle?

–No las temo ya –me respondió.

–¡Oh, Monelle, pero tenías miedo del frío como de la mano de un muerto!

–Ya no tengo miedo del frío.

–Y tú, que eres una niña, estás sola, muy sola; y antes llorabas cuando estabas sola.

–Ya no estoy sola –respondió–, pues espero.

–Oh, Monelle, ¿qué esperas mientras duermes enroscada en este lugar sombrío?

–No sé –fue su respuesta–; pero espero. Y me acompaña mi espera.

Advertí entonces que su carita estaba dirigida hacia una gran esperanza.

–No debes permanecer aquí –insistió–, en este lugar frío y oscuro, amado mío; vuelve con tus amigos.

–¿No quieres guiarme y enseñarme, Monelle, para que también yo tenga la paciencia de tu espera? ¡Estoy tan solo!

–¡Oh, mi amado! Sería inhábil para enseñarte como en otro tiempo, cuando era, como tú decías, un animalito; son cosas que tú descubrirás seguramente al cabo de una larga y paciente reflexión, tal como yo las he visto de golpe durante mi sueño.

–¿Estás escondida así, Monelle, sin el recuerdo de tu vida pasada, o te acuerdas todavía de nosotros?

–¿Cómo podría olvidarte, amado mío? Vosotros estáis en mi espera, sobre la cual duermo; pero no lo puedo explicar. Tú recuerdas que yo amaba mucho a la tierra y arrancaba las flores de raíz para volverlas a plantar. Acuérdate que decía a menudo: "Si yo fuera un pajarito, tú me pondrías en el bolsillo cuando te fueras". ¡Oh, mi amado!, aquí estoy en la buena tierra, como una semilla negra, y espero convertirme en pájaro.

–Monelle, tú duermes antes de volar muy lejos de nosotros.

–No, amado mío; no sé si volaré, pues no sé nada. Pero estoy enroscada en lo que amaba y duermo apoyada en mi espera. Antes de dormirme era un animalito, como tú decías, porque me parecía a un gusanito desnudo. Un día, tú y yo encontramos un capullo muy blanco, muy sedoso, que no estaba perforado en ninguna parte. Tú lo abriste, malo, y lo encontraste vacío. ¿Piensas que el bichito alado no se había ido? Pero nadie puede saber de qué manera. Había dormido allí mucho tiempo. Antes de dormirse había sido un gusanito desnudo; y los gusanitos son ciegos. Amado mío, imagínate (no es verdad, pero así pienso a menudo) que yo he tejido mi capullo con lo que amaba: la tierra, los juguetes, las flores, los niños, las palabritas y tu recuerdo, querido mío; es un refugio blanco y sedoso y no me parece frío ni oscuro. Pero tal vez no lo sea así para los demás.

Bien sé que no se abrirá y que permanecerá cerrado como aquel capullo. Pero yo ya no estaré, mi amado. Pues mi espera consiste en irme, como el animalito alado, y nadie puede saber cómo. Dónde quiero ir, no lo sé; pero es mi espera. Y también los niños, y tú, mi amado, y el día en que no se trabajará más sobre la tierra, son mi espera. Yo soy siempre un animalito, amado mío. No sé explicarlo mejor.

–Es necesario, es necesario –le dije– que salgas conmigo de este lugar oscuro, Monelle; pues sé que tú no piensas esas cosas, que tú te has ocultado para llorar. Y como te he encontrado muy sola, durmiendo aquí completamente sola, esperando aquí, sal conmigo de este lugar oscuro y estrecho.

–No te quedes, ¡oh, mi amado! –respondió Monelle–, pues sufrirías mucho. Y yo, yo no puedo ir, porque la casa que me he tejido está herméticamente cerrada y no será así como saldré.

Entonces Monelle me rodeó el cuello con sus brazos y su beso se pareció, cosa extraña, a los de antes. Y he aquí por qué lloré nuevamente, mientras ella me enjugaba las lágrimas con sus cabellos.

–No tienes que llorar –dijo–, si no quieres afligirme en mi espera; y tal vez no deberé esperar mucho tiempo. No estés desolado; pues yo te bendigo por haberme ayudado a dormir en mi pequeña urna sedosa, cuya mejor seda blanca está hecha de ti, y en la que ahora duermo enroscada sobre ti.

Y como en otro tiempo, en su sueño, Monelle se acurrucó contra lo invisible y me dijo:

–Duermo, amado mío.

Así la encontré; pero ¿cómo puedo estar seguro de volverla a encontrar en ese lugar tan estrecho y oscuro?

Marcel Schwob

El bosque de la noche

En el segundo piso del hotel (uno de esos alojamientos de segunda clase que se encuentran en cualquier rincón de París, ni malos ni buenos, pero tan típicos que no sorprenderían a nadie aunque los cambiaran de lugar todas las noches) se abría una puerta que exhibía un piso alfombrado de rojo y, al fondo, dos ventanas que daban a la plaza.

En un lecho, rodeada por una maraña de plantas en tiestos, palmeras exóticas y flores en jarrones, entre las débiles notas emitidas por pájaros invisibles que parecían olvidados (como si su dueño no los hubiese cubierto con la funda habitual, semejante al paño de las urnas funerarias, que las buenas amas de casa ponen sobre sus jaulas para acallarlos), yacía la muchacha, inerte y desgreñada, más allá de los almohadones de los cuales había apartado la cabeza en un instante de amenazada lucidez. Sus piernas enfundadas en pantalones de franela blanca se abrían como en mitad de una danza y sus escarpines sólidos y brillantes parecían demasiado vivos para el paso en que se habían inmovilizado. Las manos, largas y hermosas, yacían a ambos lados de su rostro.

El perfume que exhalaba su cuerpo tenía el dejo de los hongos, esa carne de tierra que huele a humedad concentrada y es, a la vez, tan seca, mezclado con el aroma del aceite de ámbar, que es una enfermedad íntima del mar, como si la muchacha hubiese invadido un sueño temeraria e íntegra. Su cuerpo tenía la textura de la vida vegetal; tras él, se barruntaba un esqueleto extenso, poroso, consumido por el sueño, como si el sueño hubiera sido una podredumbre que la sorbiera desde dentro, más allá de la superficie visible. Enmarcaba su cabeza un fulgor semejante al del fósforo que resplandece en torno a algunas extensiones de agua, como si su vida hubiese sufrido dentro de ella un torpe deterioro luminoso: la perturbadora característica de los sonámbulos natos, que viven en dos mundos, mezcla de niños y de malhechores.

Como en un cuadro del *douanier* Rousseau, la mujer parecía tendida en una jungla apresada en su cuarto (cuyas paredes hubiesen huido al capturarla), arrojada como una ración para las flores carnívoras: ése era el escenario de un *dompteur* invisible (a medias amo, a medias promotor) sobre el cual se espera oír la melodía de una orquesta de maderas y vientos cuya serenata populariza la aspereza de la selva.

(...)

–¿Acaso las cosas tienen el mismo aspecto a las diez y a las doce del mediodía que en la oscuridad? ¿La mano, el rostro, el pie son la misma mano, el mismo rostro, el mismo pie que vemos al sol? Ahora la mano está en la sombra, sus bellezas y sus deformidades están como envueltas en humo. El borde de la cabellera proyecta una hoz de duda a través de la mejilla, de modo que la mitad de la cara sólo puede barruntarse. Una hoja de oscuridad ha caído bajo el mentón y se ha posado sobre los arcos de los ojos: los ojos mismos han cambiado de color. Y hasta la cabeza de la madre por la cual hemos jurado desde el banquillo de los acusados es una cabeza más pesada, coronada de una cabellera oprimente.

"¿Y qué ocurre con el sueño de los animales? ¿El gran sueño del elefante, y el primoroso, leve sueño del pájaro?"

(...)

–Los muertos son los culpables de una parte del mal de la noche; de la otra, tienen la culpa el sueño y el amor. ¿De qué no es responsable el que duerme? ¿Con quién se encuentra, y con qué fines? Se acuesta con su Nelly y se duerme entre los brazos de su Gretchen. Millares de mujeres no invitadas se meten en la cama del que duerme. Pero ¿cómo es posible decir la verdad, si ésta nunca se deja ver? (...) Esa mujer que, de pie, mira en sí misma a la que yace durmiendo conoce el temor horizontal, el miedo insoportable.

(...)

–Miramos hacia Oriente en busca de una sabiduría que no emplearemos; miramos a la mujer que duerme en busca de un secreto que no descubriremos. De modo que, digo yo, ¿qué ocurre con la noche, la terrible noche? La oscuridad es el retiro donde la amada apacigua su corazón; es el ave nocturna que aúlla contra su espíritu y el nuestro, arrojando entre nosotros y ella el espantoso excremento de la separación. Nuestras lágrimas fluyen ordenadas por su pulso implacable. La gente de la noche no entierra a sus muertos: los cuelga de nuestros cuellos. Y nosotros, los despiertos, los que esa gente pretende amar, quedamos cubiertos por un cadáver.

(...)

–Una vez, cuando dormía, deseé verla muerta.

(...)

Se sentó en la cama, comió huevos y me llamó "¡Angel, ángel!" –Y se comió también mis huevos, y se volvió, y se quedó dormida. Entonces la besé, teniéndole las manos y los pies, y dije: "Muere ahora, así tendrás paz, y no volverán a tocarte manos inmundas, así no arrojarás mi corazón y tu cuerpo para que lo husmeen los perros... Muere ahora, y serás mía para siempre". (¿Pero qué derecho tenemos para decir eso?)

Djuna Barnes

Sergio

La división en castas sociales que hemos planteado, entre siesteros y veladores, durmientes y despiertos, y que enfrenta a los representantes de la estrechez remolona y a los del despabilado señorío, podría llamar a engaño, en lo que atañe a su actitud hacia Madame Aupick, ya que lo cierto es que ni uno ni otro sector estaban unánimemente en contra o a favor de la pretendida casideuda de Baudelaire. Así, Gardenia Pozzi era anfibia, a veces siestera y despierta a veces, y entre los soberbios que rechazaban la perspectiva de ceder al vicio de la siesta, y que sin embargo formaban en las filas adversarias de la alerta Judith, se encontraban, los Light, Mr. y Mrs. Light, una pareja de ingleses que ostentaba su puritanismo como si fuera una profesión.

(...)

La historia que narraremos, comienza durante uno de esos reposos calcinantes. El bochorno, el terrible bochorno, parece decidido a derrumbar la arboleda, sobre el césped seco, enfermo de sed. Pese a la temperatura, los hostiles a la siesta, los que la juzgan vejatoria para el espíritu, y embotadora, contraria al buen funcionamiento de los órganos, persisten impertérritos en sus puestos de combate, al amparo del algarrobo afiebrado.

(...)

Están así, entumecidos y húmedos, pero sobrevivientes entre sus exánimes compañeros de balsa, cuando Madame Aupick, que acaba de pasarse un pañuelo sobre las mejillas, ahoga un grito y señala hacia arriba, hacia la fachada del hotel. Cejijunto, Mr. Light sigue con la mirada la indicación de la mujer a quien detesta y, a su vez, masculla una exclamación en la que se agolpan vocablos ingleses no recomendables. Esas dos voces estranguladas bastan para sacudir la pereza de los demás. Caen al suelo libros y anteojos; los diarios estrujados, crujen; un hondo silencio sucede al aborto de chillidos; ábrense las simultáneas manos hacia la fachada.

En el encumbramiento del segundo piso, donde una angosta y sospechosa cornisa corona el dibujo de las ventanas superiores, caminando lentamente por esa cornisa, en la que pone un pie después del otro, con la suave y cautelosa precisión de un gato, va un muchacho desnudo, íntegramente desnudo. Es alto y muy delgado, moreno, y su cuerpo oscuro, de viejo y cálido marfil, en el que se destacan las costillas, los omóplatos y los ilíacos, tiene reflejos áureos. El pelo negro, lacio, mal tijereteado, le cubre la frente y las orejas. Estira los brazos, palpando el aire, como un ciego, mientras avanza. Ni el vello más débil le sombrea la piel. Andará por los trece años.

El acontecimiento resulta tan especial, que Madame Aupick se atreve a hacer lo que ni siquiera ella, tan osada, se hubiera arriesgado a intentar en cualquier otra circunstancia, pero la verdad es que ésta es singularísima: sus ojos indagan alrededor; tropiezan con las gafas de Mr. Light, resbaladas junto a su ejemplar de los Evangelios. La señora las recoge, las planta sobre su nariz, compatriota de esos Evangelios indiscutibles; comprueba con satisfacción que le convienen; recorta en la claridad su arcaico perfil de ave de presa; enfoca los cristales hacia el muchacho que conduce su desvestida humanidad por lo más empinado y peligroso de la casa, liviano y grácil, como si se aprestara a volar; se extasía breve y avezadamente en la tierna contemplación, y, quizá porque sus anteojos están saturados aún de lectura santa, musita:

–Conozco a ese ángel, Sergio, el hijo de la cocinera.

Sólo entonces, Mr. Jerome Light se percata del uso desdoroso, nefando, que se impone a sus lentes; los recupera con furia, desbarajustando el sabio turbante de Madame Aupick; los utiliza a su turno; se demora también en la observación del cuerpo quebradizo y esbelto; una contorsión de asco le desfigura la cara, y gime:

–¡No ángel! ¡no ángel! ¡demonio es!

Pero ya viene Doña María Divina, la cocinera, perdidas las alpargatas y temblando las caderas gelatinosas. Trota, solloza a media voz, resopla y ruega:

–¡Ay, Dios mío! ¡cuándo terminará mi desgracia! ¡este chico me va a matar! ¡por favor, si no quieren que él se rompa el alma, no griten! ¡Está sámbulo!

–Quiere decir sonámbulo –acota Gardenia Pozzi Bazán, que no se aventura a espiar demasiado al joven, y sin embargo le dirige, cuando cree que los demás no la ven, ojeadas apreciativas.

No necesita cuidarse. Los demás se mantienen embargados por el espectáculo. Mr. Light se levanta y murmura unas palabras en latín, tan inglesas que no las hubiese comprendido ni un benedictino experto. Acaso está exorcizando. Conjuntamente, quedamente, Doña María Divina se retuerce las manos e implora:

–¡Dios mío, Virgen de los Dolores! ¿Qué se puede hacer con él? Se duerme y sale caminando... para nada más sirve, para nada más... dormir y salir caminando... ¡Está enfermo, Dios mío! ¡Malhaya la hora en que mi hermana me lo dejó! ¡Tiene el Diablo adentro!

Se han puesto de pie casi todos. ¿Quién podría interpretar qué los fascina, qué los espanta, si la posibilidad de que Sergio dé un paso en falso, caiga y se desnuque, o el sencillo encanto de su cuerpo así ofrecido, liberado, despojado de las trabas del pudor, de las convenciones viejas como el mundo?

–¡El Diablo adentro! –gruñe Mr. Jerome Light.

Ahora la señora de Light está a su lado y se cuelga de su brazo derecho, boquiabierta, la punta de la lengua en el propio bigote, pero el marido se suelta y le pone su mano sobre los ojos, para aislarla de la tremenda visión.

Y allá arriba, en el cielo, columpiándose delicadamente, de felpa todo él y de gato, Sergio ha cubierto ya la mitad de la distancia sobre la cual se extiende la cornisa. Es muy hermoso, muy sutil y angélico, incapaz todavía de ocasionar la menor reacción obscena. Madame Aupick se desoja por verlo: titubea entre correr hasta su cuarto, en pos de sus gafas, y permanecer allí, distinguiéndolo como si una niebla transparente lo envolviese, por temor de que desaparezca.

Pero ahora quién sabe qué imagen cruza por la cabeza extraviada, indefensa, del ambulante soñador, quién sabe qué acicate nuevo lo incita, porque de súbito, inesperada, se torna evidente su inquietud sexual. Los mirones acomodan los ojos, entrecerrando los párpados, y dicen "¡oh, oh!"; la cocinera se persigna y suspira:

–¡Ay, ya lo veía venir! ¡Es siempre lo mismo!

La figura morena, la figura que parece esculpida por un tallista de las grandes centurias, maestro en San Sebastianes, ya no se brinda como un escueto conjunto vertical. Un saliente rígido interrumpe la línea simple y armoniosa, como si al mártir romano le hubiesen clavado una flecha en el bajo vientre. ¡Adiós al ángel! Tan conspicuo es el apéndice, que hasta Madame lo divisa.

–¡Qué barbaridad! –se le escapa a Gardenia.

Mr. Jerome Light no se retiene. Bufa, y cuando menos debería hacerlo, retira la mano de los ojos de su mujer, y la pasa por su nariz, barba y cuello, donde se acumula la transpiración.

–¡Oh! ¡oh! –prorrumpe su señora, sumándose al coro, que habría que averiguar si es laudatorio o acongojado.

–¡Siempre lo mismo! ¡siempre lo mismo! –farfulla María Divina.

Manuel Mujica Lainez

Sotiría

Que pase ya el día con la luz.
¿Por qué tarda tanto la noche?
En la sombra de los pinos
un sillón me espera.

Se apagarán las luces de las salas
y el sueño vendrá como un desmayo.
Aquí una cama vacía
no produce ninguna impresión.

Se ahondará la noche en el miedo
cuando el viento llegue repentino.
El eucalipto sacudirá su cabellera
junto con los secretos de los sueños.

María Poliduri

Eroica

Adormilado dedo adentro
del silencio
vivo
Túneles

Nocturno
        roce
        del vacío
el dedo entra

el cuerpo entero
                        en el hueco
de lo que es
No es

        Duerme

(...)

Duerme
en sueño intemporal
La gota de rocío

escarcha

leve rasgadura de la piel
sobre su cara

Diana Bellessi

Caricias

Dormir en un lugar desconocido
(con una nueva novia)
y ruborizar en la oscuridad
vergüenza de la carencia de culpa

o vergüenza de la juventud recibida

Una mariposa de metal
Un parque de edad desconocida.

Michael Strunge

Me duermo temprano

Me duermo temprano. Encogido e inmóvil entre
la vela que flamea y la sombra que tiembla.
Allí estoy. Pequeño como una semilla.
El que duerme no existe. Sólo la sombra
tiembla en la muralla.

Lukas Modysson

La ventisca

Yo tenía unas horribles ganas de dormir.

(...)

"¿Será posible que me esté helando?", pensaba en medio del sueño. "Dicen que cuando uno se hiela empieza por dormirse. No, mejor que helarse es ahogarse y que me saquen con una red. Aunque tanto me da ahogarme como helarme, con tal de que no me golpee ese palo en la espalda y pueda adormecerme."

Dormité un segundo.

"Pero, ¿cómo terminará esto?", me pregunté de pronto. Abrí por un momento los ojos y miré fijamente el espacio blanco. "¿Cómo terminará esto? Si no encontramos parvas de heno y los caballos se paran, lo que parece inminente, nos helaremos todos."

Confieso que, a pesar de sentir un poco de miedo, el deseo de que nos ocurriera algo extraordinario, medio trágico, era más fuerte que mi relativo temor. Imaginaba que no estaría mal que a la madrugada los caballos nos condujeran por sí solos, algunos medio helados y otros helados del todo, a alguna aldea lejana y desconocida. Semejantes fantasías flotaban ante mí con una claridad y una rapidez sorprendentes. Los caballos se detienen, la nieve se amontona sobre ellos y ya no se ven sino sus orejas y las campanillas. Pero, de repente, por encima de la nieve, aparece Ignáshka con su tróika y pasa junto a nosotros. Le suplicamos, le gritamos que nos recoja, pero el viento se lleva nuestras voces; las voces no tienen fuerza. Ignáshka sonríe burlonamente, azuza los caballos, silba y desaparece en un barranco bordeado de nieve. El viejito monta de un salto un caballo y quiere correr, pero no logra moverse; mi primer cochero con su gran gorra se echa encima de él, lo arroja a la tierra y lo pisotea en la nieve. "¡Brujo!" –grita– "¡Bocasucia! Vamos a errar juntos." Pero el viejito rompe con su cabeza la capa de nieve y ya no es tanto un viejito como una liebre que huye de nosotros. Todos los perros lo persiguen. El consejero, que es Feódor Filípovich, ordena que todos se sienten en rueda y dice que no es nada si la nieve nos sepulta: sentiremos calorcito. Efectivamente, nos sentimos calentitos y cómodos, a gusto, pero tenemos sed. Abro mi cesta, convido a todos con ron azucarado y yo mismo lo bebo con gran placer. El cuentista nos relata una fábula sobre el arco iris. Y por encima de nosotros aparece un techo de nieve y un arco iris. "Ahora construyamos en la nieve una habitación para cada uno y durmamos", digo.

La nieve es suave y calentita como una piel. Me construyo una habitación y quiero entrar en ella, pero Feódor Filípovich, que ha visto mi dinero en la cesta, dice: "¡Detente! Dame el dinero. Total, hemos de morir". Y me agarra de una pierna. Le entrego el dinero y sólo les ruego que me suelten, pero ellos no creen que ése sea todo mi dinero y quieren matarme. Yo tomo la mano del viejito y me pongo a besársela con un placer indecible: la mano del viejito es suave y dulce. Al principio él trata de retirarla, pero luego me la abandona y hasta me acaricia con la otra mano. No obstante, Feódor Filípovich se acerca y me amenaza. Corro a mi cuarto, pero no es mi cuarto, es un blanco y largo pasillo y alguien me retiene por los pies. Me libero. En manos del que me aprisionaba quedan mi ropa y una parte de mi piel; no me duele, sólo tengo frío y vergüenza porque mi tía, con la sombrilla y un botiquín homeopático, del brazo del ahogado, viene a mi encuentro. Ambos ríen y no entienden las señales que les hago. Me arrojo sobre un pequeño trineo, mis pies se arrastran por la nieve, pero el viejito me persigue agitando los codos. Ya está cerca de mí. Pero oigo adelante el sonido de las campanas y sé que cuando las alcance estaré salvado. Las campanas suenan cada vez más claras. Pero el viejito me alcanza y cae de panza sobre mi cara, de manera que las campanas apenas se oyen. De nuevo tomo su mano y me pongo a besarla. Pero el viejito no es el viejito sino el ahogado... Y grita: "¡Ignashka! ¡Para! ¡Parece que allí están las parvas de Ajmiótkin! ¡Ve a verlas!". Esto es demasiado horrible. No, será mejor que me despierte.

Abrí los ojos. El viento me había echado sobre la cara los faldones del capote de Alióshka; una de mis rodillas estaba destapada; íbamos sobre una capa de hielo y la tercera de las campanillas, con su trémola quinta, sonaba en el aire claro, clarito.

Quise ver las parvas; pero en vez de parvas vi, con los ojos ya abiertos, una casa con balcón y el dentado muro de una fortaleza. Sentí poco interés en examinar aquella casa y aquella fortaleza: mi mayor deseo era volver a ver el pasillo blanco por el que hacía poco había corrido, oír el tañido de la campana de la iglesia y besar la mano del viejito. Volví a cerrar los ojos y dormí.

León Tolstoi

Igitur

Igitur sacude simplemente los dados –movimiento– antes de unirse a las cenizas, átomos de sus antepasados: el movimiento que está en él es absuelto. Se comprende lo que significa su ambigüedad. (Profiere la predicción de la que en el fondo se burla. Hubo locura.)

Cierra el libro –apaga la vela– con el soplo que contenía el azar: y, cruzando los brazos, se acuesta sobre las cenizas de sus antepasados.

Cruzando los brazos –el Absoluto ha desaparecido, como pureza de su raza (pues es necesario, ya que el ruido cesa).

Raza inmemorial, cuyo tiempo que gravitaba ha caído, excesivo, en el pasado, y que vivió, colmada de azar, sólo de su futuro. –Negado ese azar con la ayuda de un anacronismo, un personaje, suprema encarnación de esa raza –que siente en él, mediante lo absurdo, la existencia del Absoluto –ha, solitario, olvidado la palabra humana en el grimorio, y el pensamiento en una luminaria, anunciando el primero esa negación del azar, y el segundo, aclarando el sueño en el punto en que está. El personaje que, creyendo en la existencia de un único Absoluto, se imagina estar por todas partes en un sueño (él actúa desde el punto de vista del Absoluto), encuentra inútil el acto, pues hay o no azar –reduce el azar al Infinito– que, dice, debe existir en algún sitio.

Se acuesta en la tumba

Sobre las cenizas de los astros, las no separadas de la familia, estaba acostado el pobre personaje, después de haber bebido la gota de la nada que falta al mar. (El recipiente vacío –locura– ¿es todo lo que queda en el castillo?) Alejada la Nada, queda el castillo de la pureza.

Stéphane Mallarmé

Un hombre con su amor

Si todo fuera dicho
Y entre tú y yo la cuenta
Se saldara, aún tendría
Con tu cuerpo una deuda.

Pues ¿quién pondría precio
A esta paz, olvidado
En ti, que al fin conocen
Mis labios por tus labios?

En tregua con la vida,
No saber, querer nada,
Ni esperar: tu presencia
Y mi amor. Eso basta.

Tú y mi amor, mientras miro
Dormir tu cuerpo cuando
Amanece. Así mira
Un dios lo que ha creado.

Mas mi amor nada puede
sin que tu cuerpo acceda:
El sólo informa un mito
En tu hermosa materia.

Luis Cernuda

La alfombrilla de los goces y los rezos

Los ladrones, como es lógico, no elegimos acercarnos a las casas de los pobres. Las casas que frecuentamos están rebosantes de jóvenes adornadas con joyas y vestidas con finas sedas, de modo que llegamos a ver muchas. Más aún, nuestras visitas no se producen en las horas diurnas sino en plena noche, cuando en ocasiones se sientan desnudas a la luz de la luna o duermen junto a una lámpara con las cortinas de la cama abiertas. Por temor a que la muchacha esté despierta, al principio no me atrevo a robar nada, y me oculto en un rincón oscuro con la mirada fija en su cuerpo para cerciorarme de que no se mueve. Sólo cuando compruebo que está dormida me dispongo a trabajar. Así, durante una buena hora tengo los ojos clavados en ella, y en ese lapso nada escapa a mi percepción, ni sus ojos, ni su cara, ni su figura, ni su tez, ni siquiera la profundidad de su vagina o el largo de su vello púbico. Llevo un registro mental de cuáles son las jóvenes de buen aspecto y cuáles no en las casas de todos los hombres ricos y los funcionarios en más de un kilómetro a la redonda. Si quieres enterarte de todo esto, necesitarás mi consejo.

Li Yu

La cara en la palma

Anoche, perdón, antenoche, a las cuatro y media de la mañana, cuando viniste a buscar el sobre con las direcciones que dejó la señora Upinsky debajo de la mano de llamador de bronce (como habíamos convenido, para no tener que entregártelo personalmente), yo estaba despierta y oí tus pasos en las baldosas del corredor. Mi vida se rige de acuerdo a tus pasos. Toda la casa dormía, salvo el perro, con sus grandes orejas rubias, que también te oyó. Me faltó valor para abrir la puerta y salir a tu encuentro, como pude hacerlo. Perdóname y compréndeme. A la hora en que todo el mundo duerme suceden las cosas más terribles del mundo. Uno es capaz de matar a alguien, ¡uno es capaz de revelar cualquier secreto! Uno es capaz de alejarse de la persona que uno más quiere para robar una sortija de diamantes o una rosa de cristal; uno es capaz de huir, de huir sin rumbo y de esperar la aurora creyendo que uno se ha enamorado de alguien que uno no volverá a mirar; uno es capaz de atravesar el fuego por una persona amada, sin morir. Uno es capaz de revelar cualquier secreto a esa hora, te lo aseguro. ¡Salvo yo!

Silvina Ocampo

Dormir

Mientras duermo
Envejece el juguete
Que un niño guarda en las manos.
Cambia el amor su color
Entre dos respiros.
El cuchillo en el marco de la puerta
Espera vanamente
Ser clavado por un transeúnte
En mi pecho.
También los asesinos sueñan ahora
Bajo sus sombreros.

Un tiempo tranquilo. Tiempo de dormir.
Se oye el pulso de esos
Que quieren permanecer invisibles.
La sabiduría de las palabras no pronunciadas
Aumenta.
Con más cautela florecen ahora
Las plantas.
No hay ojos
Que puedan asombrarse de ellas.

Karl Krolow

Danse Russe

Si cuando mi esposa duerme
y el bebé y Kathleen
duermen
y el sol es un disco incandescente
envuelto en brumas de seda
sobre árboles que brillan;
si en mi habitación del norte
bailo desnudo, grotescamente
frente al espejo
revoleando la camisa sobre mi cabeza
y cantando suavemente para mis adentros
"Estoy solo, solo.
¡Nací para estar solo,
estoy mejor así!"
Si admiro mis brazos, mi cara,
mis hombros, flancos, nalgas
contra las persianas amarillas.

¿Quién dirá que no soy
el genio feliz de mi hogar?

William Carlos Williams

a Tundra

Acuéstate del lado derecho, la cabeza apoyada sobre la mano abierta. Que caigan, vertical a tu cuerpo, fijos en la furia del sueño, de león, tus cabellos. En tu corazón un vaso octogonal de vidrio. Un loto fuerte. Colores asignados a los pétalos. Una A en ese trono, fiera de piel luciente. De otra blanca, segura, en lo alto de la testa, emergen en torrente innumerables a hacia la A del vaso: caída de rápidos signos, minúsculos pájaros blancos, piedrecillas de leche, rocío que regresa a la cúspide.

Una A roja sobre tu sexo. Brasas, resplandor que asciende hasta la A del vaso, colibríes trizados, descenso de flechas sangrando.

Rápidos aros de escarcha, átomos de granate circunscriben tu cuerpo.

Cuando sitie el sueño –mandala de animales mudos, lento oleaje de lava– absorbe todas las letras en la letra del centro.

Cierre el loto.

El muro blanco, la ciudad que va borrando la lluvia, el postigo a lo lejos.

Lo demás y tu yo: cero.

Severo Sarduy

Ya no recuerdo

donde pájaros cantan
o
si hay sollozos en el mar
lleno de ángeles de la profundidad
que tiemblan el pavor sagrado
de ser tirado al aire

Nunca sé
si los deseos pavorosamente devorantes
esos peces-espada
calando

las pieles suaves de los milagros del alma
se acaban en la almendra llameante de la tierra
y si el universo afligido
en una vuelta de la noche
no apagó de un soplo mi negra luz

porque durmiendo perdí de nuevo
una palabra de amor

Nelly Sachs

Don Segundo Sombra

Atardecía. El cielo tendió unas nubes sobre el horizonte, como un paisano acomoda sus coloreadas matras para dormir. Sentí que la soledad me corría por el espinazo, como un chorrito de agua. La noche nos perdió en su oscuridad.

Me dije que no éramos nadie.

Como siempre, andábamos de un lado para otro, en quehaceres de último momento. Ibamos del recado al rancho, del rancho al pozo, del pozo a la leña. No podía dejar yo de pensar en los cangrejales. La pampa debía sufrir por ese lado y... ¡Dios ampare las osamentas! Al día siguiente están blancas. ¡Qué momento, sentir que el suelo afloja! Irse sumiendo poco a poco. Y el barrial que debe apretar los costillares. ¡Morirse ahogado en tierra! Y saber que el bicherío le va a arrancar de a pellizcos la carne... Sentirlos llegar al hueso, al vientre, a las partes, convertidas en una albóndiga de sangre e inmundicias, con millares de cáscaras dentro, removiendo el dolor en un vértigo de voracidad... ¡Bien haiga! ¡Qué regalo el frescor de la tierra del patio, al través de las botas de potro!

Y miré para arriba. Otro cangrejal, pero de luces. Atrás de cada uno de esos agujeritos debía haber un ángel. ¡Qué cantidad de estrellas! ¡Qué grandura! Hasta la pampa resultaba chiquita. Y tuve ganas de reír.

(...)

Don Segundo tendía cama afuera y Don Sixto estaba ya en el dormitorio, al cual había entrado mis jergas, creyendo así cumplir con el forastero.

¡Linda cortesía, hacerlo dormir a uno en un aposento hediondo y seguramente poblado por sabandija chica!

Apagué el candil, volqué la cebadura en el fuego, que se iba consumiendo, y fui a echarme en mi recado, en la otra punta del cuarto de Don Sixto.

No hallaba postura y me removía como churrasco sobre la leña, sin poder dar con el sueño. Era como si hubiese presentido la extraña y lúgubre escena que iba a desarrollarse entre las cuatro paredes del rancho perdido.

Debió pasar algún tiempo. La luna volcó por la puerta una mancha cuadrada, blanca como escarcha mañanera. Vislumbraba los detalles del aposento: las desparejas paredes de barro, el techo de paja, quebrada en partes, el piso de tierra lleno de jorobas y pozos, los rincones en que negreaba una que otra cuevita de minero.

Mi atención fue repentinamente llamada hacia el lugar en que dormía Don Sixto. Había oído algo como una queja y un ruido de caronas. Antes de que imaginara siquiera qué podía ser aquello, lo vi confusamente, de pie sobre las matras, en una postura de espanto.

Sentándome de un solo golpe, hice espaldas en la pared, desenvainé mi puñalito, que había como siempre alistado entre los bastos, puestos como cabecera, y encogí las piernas de modo conveniente para poderme erguir en un impulso.

Miré. Don Sixto dio con la zurda un manotón al aire. Fue como si hubiera agarrado algo. "No", dijo, ronco y amenazando, "no me han de llevar, so maulas". Con la ancha cuchilla que apretaba en su derecha, tiró al aire dos hachazos como para partir el cráneo de un enemigo invisible. Tuve la ilusión de que aquello que tenía aferrado con la mano izquierda, le asentara un recio tirón. Trastabilló unos pasos. "No", volvió a gritar, como aterrorizado, pero firme en su propósito de no ceder, "angelito... no me lo han de llevar".

Con más saña, tiró puntazos en diferentes direcciones; después hachazos de derecha, de revés, con una violencia superior a sus fuerzas. Otro tirón lo llamó hasta la mitad del cuarto. Con más desesperación clamó: "M'hijo... m'hijo, no ha de ser de ustedes". Comprendí lo terriblemente angustioso de aquella alucinación. El hombre defendía a su hijo embrujado, con la desesperación del que no sabe si hiere.

(...)

Pensé en Don Segundo y no pude llamarlo. ¿Cómo no oía? El pobre Don Sixto, ya exhausto, había caído cerca mío, a unas cuartas, y luchaba con una tenacidad que duplicaba mi desesperación.

Por fin la luz de la luna fue interceptada. Comprendí que mi padrino estaba ahí. Escuché su voz tranquila: "Nómbrese a Dios". Lo vi entrar; tomó a Don Sixto de un brazo haciéndolo poner de pie. "Sosiéguese, güen hombre, ya no hay nada." También yo pude moverme y me acerqué a sostener a Don Sixto que, a pesar de no ser la luz suficiente para ver claro, aparecía demacrado como por varios días de enfermedad. "Sosiéguese", repitió mi padrino. "Acompáñeme pajuera; ya no hay nada." Como un ebrio lo sacamos a la noche.

Don Segundo lo acercó al recado en que él había estado durmiendo. El hombre cayó como desgarretado. "Dejálo nomás", me dijo mi padrino, "y vos sacá tus jergas y echate a dormir".

Ricardo Güiraldes

Los papeles salvajes

Como siempre en el verano, después del almuerzo, dormitábamos un poco. Allí, los padres, los abuelos, las hermanas de mi madre, las criadas. A las niñas, despeinadas y desnudas, se les sobresalían de la espalda los huesos angelicales.

Anduve en puntas de pie, entre los dormidos, espié la calleja, no venía nadie. El viento golpeaba, como siempre, las magnolias y los techos. Pero, me acerqué al limón; allá seguía con sus azahares y sus limones. Y más allá empezaba el predio de retamas, el negro bosque que se fuera construyendo a sí mismo por años, y al que, espantados, nos habíamos propuesto no cruzar jamás. Pero, esa vez, el corazón estaba decidido. Sin pensar en nada, empecé a andar, a abrir las ramas; anduve no sé qué tiempo; se me cruzaba algún pavo salvaje con la cara de fuego, algún ratón blanco como un nardo. Abría las ramas. Al fin hallé un claro. Me detuve; traté de retroceder; tal fue mi asombro. Una familia estaba acampada allí; preparaba sus guerras nocturnas, sus cazas, sus manjares. Después, la sangre se me paró, se me heló. Vi que aquella familia era la mía. Divisé a los padres, los abuelos, las criadas, estaban todos los individuos de mi casa; me vi a mí misma. Llamé "Rosa". Pero, cuando la niña fue a mirarme mi corazón se echó a temblar, a redoblar como una campana, y entonces, me volví, empecé a huir, crucé con los ojos cerrados, bien abiertos, todas las retamas, las frías ramas, el naranjo, el umbral. Casi todos dormían todavía. La abuela ya estaba en pie; preparaba la merienda, los vasos de almíbar, de licor; tal vez, viniese alguien de visita. Logré sobreponerme un poco. Me le acerqué. Le dije: –Mira, allá está ocurriendo algo.

Ella, con una voz increíble respondió: –Yo ya lo sé.

Marosa Di Giorgio

En breve cárcel

Recuerda una primera violencia suya, cuidadosa y temprana. Una noche, en la calle, se encontraron con una adolescente a quien sólo ella conocía. Sabe que en la hora que pasaron las tres juntas excluyó a Renata y cultivó la complicidad con esa muchacha, sabe sobre todo que al volver a este cuarto habló del incidente sin otro propósito que el de herir a Renata. Elige mal los términos: quería provocarla, pedirle una palabra, y terminó por lastimarla. Renata lloró (no era la palabra que ella esperaba) y ella también, más tarde, cuando Renata por fin se acostó sola en la cama y se durmió como un chico, encogida, dándole la espalda. Insomne, sentada en el sillón, ella entonces empezó a tantear una incertidumbre que esa noche, sola al lado de Renata, le pareció atroz. En la penumbra recorrió los detalles de este cuarto como si no pertenecieran a nadie: en él coincidían, como por azar, dos cuerpos distintos y en ninguno de los dos se reconocía. Veía sobre todo una zona oscura, mal delimitada, en la que no cabían ni una declaración inicial ni una frase final, y se dijo que algún día intentaría describirla. No durmió, pese a sus esfuerzos, cayó en un letargo en que cada palabra a la que acudía, como se acude en duermevela a los restos protectores de un sueño, era una palabra violenta. Y en la vigilia, a partir de esa noche, confiesa que se aplicó, frente a Renata, al ataque verbal, con una persistencia y un placer que la sorprenden.

Dormir con Renata. Después de aquella noche oirá como en sueños los reproches –los insultos– que Renata no se atreverá, o no querrá pronunciar durante el día. La despierta a medias la voz del cuerpo dormido que tiene en sus brazos, hace un esfuerzo por despabilarse, intenta establecer un diálogo con esa voz casi ausente. ¿Qué se le echa en cara? La voz responde, con dureza, y ella se promete recordar todo lo que le ha dicho. Por la mañana lo ha olvidado todo y arrincona a Renata, insiste, acosa: ¿tanto se puede borrar? Cada día es una lenta recomposición a partir de esa zona vedada que entra a reinar por las noches y las separa. Se pregunta si el placer, el abrazo, la ternura de cada noche no caen también en esa zona nebulosa, tachada por el día. Te mueves en un mundo de sueños, le ha dicho Renata. No sabe si es una comprobación o una denuncia: quizás ella también dialogue, en sus sueños, con Renata. Pero por lo menos recupera hebras de esas ficciones mancas que introduce en su día; en cambio Renata nunca le dijo lo que soñaba.

(...)

Vivir la soledad. Creía conocerla: se recuerda una noche junto al cuerpo dormido de Renata al que ha debido acostar y que ya no responde, cuerpo que se le ha escapado de las manos balbuciendo que lo cuiden, que es tarde, que tiene mucho sueño. Ella levanta uno a uno esos brazos pesados, desnuda las piernas, habría podido violentar ese cuerpo acariciándolo o lastimándolo –en un sueño ha clavado un cuchillo en una nalga de ese cuerpo yerto: la hoja, serrada, deja un tajo zigzagueante–, pero no lo hizo. *La regarder dormir*: abrumadora letra con la que se describe el placer de contemplar el cuerpo ajeno, el deleite de colmar al yacente. Lo que ve, lo que está mirando con ira y con curiosidad, es un disparatado conjunto bajo una piel tensa. Sí, se recuerda mirando dormir a Renata: odiosa unos minutos antes, cuando se había dejado desvestir, cuando había desvariado obscenamente, ahora se ha entregado al sueño como un niño. La superficie se recompone con tranquilidad; el rostro distorsionado en la vigilia por el alcohol y el cansancio vuelve a encontrar –a ella la sorprende con qué facilidad, con qué placidez, mientras la mira– líneas simples. La boca que durante la primera parte de la noche fue a menudo mezquina, afectada al hablar, ahora descansa: desaparecen las arrugas del labio superior y el labio inferior se hincha. Con ojos siempre entrecerrados, con la mano derecha entre los muslos, Renata se entrega al sueño de los simples dejándola sola, y ella la quiere. Recuerda que esa noche siguió mirándola dormir, que captó el instante preciso –como un instante de muerte– en que la respiración agitada y nasal de Renata se apaciguó, en que ya no se oyó nada más. Volcándose hacia la pared, murmurando palabras finales que no logró descifrar, Renata por fin la abandonó. Entonces ella se levantó y escribió, no sabe si contra esa respiración regular apenas perceptible o a través de su ritmo, en todo caso atenta, aferrándose a ese levísimo rumor con que Renata, sin saberlo, la definía. Sí, se vivió sola en ese momento, pero poco tiene que ver ese recuerdo con la soledad de que habla ahora. No hay un cuerpo dormido en su cama, no hay respiración, por tenue que sea, que la alimente.

(...)

Otro recuerdo al que da lugar: volvían a esta ciudad después de un largo viaje, era una tarde al final del verano, se detuvieron en un campo porque tenían sueño. Recuerda el lugar de manera precisa, sabe que lo encontraría aún hoy, que es tal cual lo ve: una colina desde donde se veían campos de un verde nítido y muy claro, granjas, algunos bosques. Recuerda que las dos pensaron en lo que les recordaba ese paisaje –no era lo mismo–, que se rieron mucho al bajar del automóvil, que se querían. Recuerda que se acostaron sobre un pasto incómodo, protegidas por una tricota de Renata, que hicieron el amor en ese desierto verde sin límites, que ella luego quiso dormir antes de seguir el viaje. Cuando se despertó, mucho después, Renata la miraba como había mirado antes, con una mirada que no le conocía, el campo. Renata, aquel día no se había dormido, ella sí. Era muy tarde cuando abrió los ojos y se levantó enseguida para que siguieran viaje: los verdes del campo que había visto claros se habían vuelto azules, casi negros. Hacía mucho frío. Y Renata la miraba.

Sylvia Molloy

La continuación

De igual modo te hubiera clavado un puñal o te hubiera quemado los párpados con un hierro candente mientras dormías, pues tu inocencia se asemejaba un poco al sueño y mi acto al crimen.

Silvina Ocampo

9. METAMORFOSIS DE LAS BELLAS DURMIENTES

La bella durmiente del bosque

Al cabo de muchos, muchos años, llegó al país un nuevo príncipe, que oyó hablar a un viejo del seto de rosales silvestres; tras él se ocultaba un palacio en el que una bella princesa, llamada Rosa Silvestre, dormía desde hacía ya cien años; y con ella dormían también el rey y la reina y toda la corte. También sabía el viejo por su abuelo que habían venido ya muchos príncipes para intentar atravesar el seto, pero que todos habían quedado aprisionados en él, hallando así la muerte. Entonces dijo el joven:

–No tengo miedo; iré allí y veré a la bella Rosa Silvestre.

Y nada pudieron los consejos del viejo: el príncipe no hizo caso de sus palabras.

En esto transcurrieron los cien años y llegó el día en que Rosa Silvestre tenía que despertar. Cuando el príncipe se acercó al seto de rosales lo encontró lleno de grandes y hermosas flores, que se apartaban voluntariamente ante él y le permitían pasar sin daño alguno, cerrándose de nuevo a sus espaldas en espeso matorral. En el patio del palacio vio a los caballos y a los manchados perros de caza, tumbados y durmiendo; en los tejados estaban las palomas con las cabecitas escondidas bajo el ala. Y cuando entró en el palacio las moscas dormían en las paredes, el cocinero en la cocina tenía todavía la mano en alto como si quisiera atrapar al pinche, y la doncella estaba ante el negro pollo que tenía que pelar. Siguió andando por los salones y vio a toda la corte, tendida y durmiendo; y arriba, en el trono, yacían el rey y la reina. Siguió, y reinaba un silencio tan profundo que podía oír su propia respiración y, finalmente, llegó a la torre y abrió la puerta del cuartito donde dormía Rosa Silvestre. Allí estaba echada, y era tan bella que no pudo apartar los ojos; se inclinó y la besó.

Al rozarla con los labios, Rosa Silvestre alzó los párpados, despertó y lo miró muy tiernamente.

Hermanos Grimm

La durmiente

Duerme entre sus cabellos despeinados, las manos cruzadas detrás de la nuca. ¿Sueña? Su boca está entreabierta; respira dulcemente.

Con suave plumón blanco enjugo, sin despertarla, el sudor de sus brazos y la fiebre de sus mejillas. Sus párpados cerrados son dos flores azules.

Voy a levantarme con mucho cuidado. Traeré agua, ordeñaré la vaca y pediré fuego a los vecinos. Quiero estar rizada y vestida para cuando abra los ojos.

Sueño, sigue todavía un buen rato entre sus hermosas pestañas curvadas y continúa la dichosa noche con una ilusión de buen augurio.

Palabras en la noche

Descansamos, los ojos están cerrados; el silencio es grande alrededor de nuestro lecho. ¡Noches inefables del verano! Ella, que me cree dormida, pone su cálida mano en mi brazo.

Y murmura: "Bilitis, ¿duermes?". El corazón me late, pero, sin responder, respiro profundamente como si realmente fuera presa del sueño. Entonces ella empieza a hablar.

"Puesto que no me oyes –dice–, ¡ah, cuánto te amo!" Y repite mi nombre: "Bilitis... Bilitis...". Y recorre mi cuerpo con la punta de sus dedos temblorosos.

"Esta boca es para mí, ¡para mí sola! ¿Habrá otra más hermosa en el mundo? ¡Ah, mi dicha, mi alegría! Míos son estos brazos desnudos, y esta nuca, y estos cabellos..."

Pierre Louÿs

Dormir

Dormir ha dejado de practicarse en las horas opuestas a las de la vigilia. Las amantes duermen a cualquier hora. Dormir ha cambiado de sentido, al mismo tiempo. Es así que una amante dice corrientemente a su amante, "yo te duermo". Dormir a alguien quiere decir a la vez dormir a su lado y hacer el amor con ella.

Dormir a alguien tiene prioridad sobre muchas otras actividades. Se le llama muchas veces "el ejercicio de la pereza total, la suprema delicia" (Sseu Tchouan, *El libro de la pereza,* China, edad de gloria).

Monique Wittig-Sande Zeig

Hermafrodita

¿Es Adonis, por ventura, este hermoso mancebo que duerme en lo más alto de la colina, a la sombra del cedro secular, entre los jacintos negros, las anémonas escarlata y las blancas "estrellas de Belén"?

¡Bello muchacho! Tiene el aire de una impúber. Sus brazos desnudos, agitándose en el sueño, muestran las axilas depiladas...

Siento un capricho y voy a satisfacerlo. Apoyada en un codo, me tiendo al costado del hechicero intruso y mi mano libre se entretiene en un sugestivo escarceo, rebuscándole algo que me inspira viva curiosidad...

¡Oh, sorpresa! ¡Si es Hermafrodita en persona!

Entonces, ¿por qué temer? Ya no vacilo más. Insinúo mi lengua en su boca entreabierta y le hago, con dedos inquietos, la

misma caricia en la dormida vulva con que acabo de rendir a Cloe.
Graciosamente, se despierta en el instante del placer y enseguida, agradecido, me paga con mano ágil y pródiga el goce recibido. Pero se maravilla de mi preferencia. Sus camaradas prefieren siempre para sus juegos la parte viril de su duplicidad encantadora.

Hermafrodita se ha vuelto a dormir y yo, mientras tanto, deshojo una rosa sobre sus cabellos flotantes...

Pero, por la vereda se acerca Platón, el más bello doncel de Lesbos.

Curiosa por ver lo que va a pasar aquí ahora, me oculto, rápida, tras las ramas de una adelfa.

Ya está Platón de rodillas junto a Hermafrodita. Ahora la contempla, embelesado ante su belleza equívoca. Luego deja caer suavemente un beso en su boca entreabierta... Y, por fin, se apresta belicoso al asalto, blandiendo el príapo inexperto, tembloroso de juvenil impaciencia, enhiesto hacia las gracias íntimas del bello durmiente, como el bauprés de un ligero balandro hacia el desconocido horizonte.

Platón busca el encanto femenino de su amigo, como yo lo hice hace poco. Estoy asistiendo, gozosa, a una violación magnífica.

Durante el abordaje, Hermafrodita no puede gritar, porque la boca ávida y violenta de su asaltante se lo impide. Pero llora, y sus lágrimas duplican la voluptuosidad del rubio sátiro.

Anónimo

El avión de la bella durmiente

El vuelo de Nueva York, previsto para las once de la mañana, salió a las ocho de la noche. Cuando por fin logré embarcar, los pasajeros de la primera clase estaban ya en su sitio, y una azafata me condujo al mío. Me quedé sin aliento. En la poltrona vecina, junto a la ventanilla, la bella estaba tomando posesión de su espacio con el dominio de los viajeros expertos. "Si alguna vez escribiera esto, nadie me lo creería", pensé. Y apenas si intenté en mi media lengua un saludo indeciso que ella no percibió.

Se instaló como para vivir muchos años, poniendo cada cosa

en su sitio y en su orden, hasta que el lugar quedó tan bien dispuesto como la casa ideal donde todo estaba al alcance de la mano. Mientras lo hacía, el sobrecargo nos llevó la champaña de la bienvenida. Cogí una copa para ofrecérsela a ella, pero me arrepentí a tiempo. Pues sólo quiso un vaso de agua, y le pidió al sobrecargo, primero en un francés inaccesible y luego en un inglés apenas más fácil, que no la despertara por ningún motivo durante el vuelo. Su voz grave y tibia arrastraba una tristeza oriental.

Cuando le llevaron el agua, abrió sobre las rodillas un cofre de tocador con esquinas de cobre, como los baúles de las abuelas, y sacó dos pastillas doradas de un estuche donde llevaba otras de colores diversos. Hacía todo de un modo metódico y parsimonioso, como si no hubiera nada que no estuviera previsto para ella desde su nacimiento. Por último bajó la cortina de la ventana, extendió la poltrona al máximo, se cubrió con la manta hasta la cintura sin quitarse los zapatos, se puso el antifaz de dormir, se acostó de medio lado en la poltrona, de espaldas a mí, y durmió sin una sola pausa, sin un suspiro, sin un cambio mínimo de posición, durante las ocho horas eternas y los doce minutos de sobra que duró el vuelo a Nueva York.

Fue un viaje intenso. Siempre he creído que no hay nada más hermoso en la naturaleza que una mujer hermosa, de modo que me fue imposible escapar ni un instante al hechizo de aquella criatura de fábula que dormía a mi lado. El sobrecargo había desaparecido tan pronto como despegamos, y fue reemplazado por una azafata cartesiana que trató de despertar a la bella para darle el estuche de tocador y los auriculares para la música. Le repetí la advertencia que ella le había hecho al sobrecargo, pero la azafata insistió para oír de ella misma que tampoco quería cenar. Tuvo que confirmárselo el sobrecargo, y aun así me reprendió porque la bella no se hubiera colgado en el cuello el cartoncito con la orden de no despertarla.

Hice una cena solitaria, diciéndome en silencio todo lo que le hubiera dicho a ella si hubiera estado despierta. Su sueño era tan estable, que en cierto momento tuve la inquietud de que las pastillas que se había tomado no fueran para dormir sino para morir. Antes de cada trago, levantaba la copa y brindaba.

–A tu salud, bella.

Terminada la cena apagaron las luces, dieron la película para nadie, y los dos quedamos solos en la penumbra del mundo. La tormenta más grande del siglo había pasado, y la noche del Atlántico era inmensa y límpida, y el avión parecía inmóvil entre las estrellas. Entonces la contemplé palmo a palmo durante varias horas, y la única señal de vida que pude percibir fueron las sombras de los sueños que pasaban por su frente como las nubes en el agua. Tenía en el cuello una cadena tan fina que era casi invisible sobre su piel de oro, las orejas perfectas sin puntadas para los aretes, las uñas rosadas de la buena salud, y un anillo liso en la mano izquierda. Como no parecía tener más de veinte años, me consolé con la idea de que no fuera un anillo de bodas sino el de un noviazgo efímero. "Saber que duermes tú, cierta, segura, cauce fiel de abandono, línea pura, tan cerca de mis brazos maniatados", pensé, repitiendo en la cresta de espumas de champaña el soneto magistral de Gerardo Diego. Luego extendí la poltrona a la altura de la suya, y quedamos acostados más cerca que en una cama matrimonial. El clima de su respiración era el mismo de la voz, y su piel exhalaba un hálito tenue que sólo podía ser el olor propio de su belleza. Me parecía increíble: en la primavera anterior había leído una hermosa novela de Yasunari Kawabata sobre los ancianos burgueses de Kyoto que pagaban sumas enormes para pasar la noche contemplando a las muchachas más bellas de la ciudad, desnudas y narcotizadas, mientras ellos agonizaban de amor en la misma cama. No podían despertarlas, ni tocarlas, y ni siquiera lo intentaban, porque la esencia del placer era verlas dormir. Aquella noche, velando el sueño de la bella, no sólo entendí aquel refinamiento senil, sino que lo viví a plenitud.

–Quién iba a creerlo –me dije, con el amor propio exacerbado por la champaña–: Yo, anciano japonés a estas alturas.

Creo que dormí varias horas, vencido por la champaña y los fogonazos mudos de la película, y desperté con la cabeza agrietada. Fui al baño. Dos lugares detrás del mío yacía la anciana de las once maletas despatarrada de mala manera en la poltrona. Parecía un muerto olvidado en el campo de batalla. En el suelo, a mitad del pasillo, estaban sus lentes de leer con el collar de cuentas de colores, y por un instante disfruté de la dicha mezquina de no recogerlos.

Después de desahogarme de los excesos de champaña me

sorprendí a mí mismo en el espejo, indigno y feo, y me asombré de que fueran tan terribles los estragos del amor.

Gabriel García Márquez

Eliduc

Aquel mismo día por la tarde fue Eliduc a hablar con el rey. En cuanto a su esposa, se fue, guiada por el paje, a la ermita. Cuando entró en la capilla y vio en el lecho a la doncella, que parecía una rosa fresca, cuando quitó la colcha de encima y vio aquel cuerpo tan esbelto, los brazos largos y las manos blancas, los dedos finos y delicados, entonces supo la verdad y comprendió por qué su señor estaba tan triste. Llamó al paje y le mostró la maravilla.

–¿Ves –dijo– a esta mujer, bella como una piedra preciosa? Es la amiga de mi señor, por la que está tan afligido. A fe que no me extraña en absoluto, puesto que ha muerto una mujer tan hermosa. Tanto por piedad como por amor, no volveré a conocer la alegría.

Comenzó entonces a llorar y a lamentarse por la doncella, y se sentó delante del lecho. Mas he aquí que llegó corriendo una comadreja que había salido de debajo del altar, y, como pasó por encima del cuerpo yacente, el paje la golpeó con un bastón que tenía, la mató y la arrojó al suelo. No había pasado mucho tiempo cuando acudió una compañera suya, vio el lugar donde yacía, dio la vuelta alrededor de su cabeza, la tocó varias veces con la pata y, cuando comprendió que no la podía hacer levantar, pareció mostrar gran pesadumbre. Luego salió de la capilla, se metió por entre las hierbas del bosque y, con los dientes, cortó una flor de vivo color rojo. Volvió atrás presurosa y colocó la flor en la boca de su compañera, la que el paje había matado, y ésta resucitó inmediatamente. La dama se dio cuenta y gritó al paje:

–¡Deténla, buen hombre, no dejes que se escape!

Tiró él su bastón y la alcanzó, de tal modo que la florecilla se le cayó. La dama se levantó a cogerla, volvió atrás con presteza y puso aquella flor tan hermosa en la boca de la doncella. Un instan-

te después, ésta volvió en sí y suspiró. Luego abrió los ojos y dijo:
–¡Dios, cuánto he dormido!

María de Francia

Sentimental Journey

dormir, soñar y despertar:
se hizo agente secreto dormida. llamó, y le temblaban las piernas. brava (¡brava!), no se equivocaba con las palabras sino en el orden de las letras, las teclas del piano, sonido y ultrasonido. voluptuosa: voluntad de asir el cuerpo que irremediablemente se va a despertar, en el propio cuerpo. la herida y el remedio con su nombre, vendas, no lo digas a nadie.

(...)
estaba preocupada por el sueño. sin embargo despertaba, cada mañana, con una flor en la boca. la palma de la mano de piel roja, abierta: sublevación de la sangre, por atipismo no necesariamente curiosidad médica. pero en el sueño era la ahogada. la que salía del agua del sueño se guardaba las palabras para sí y me miraba como si no fuera yo: la amada.

(...)
si se puede vivir con una asesina, yo vivo con ella; la duermo de noche y la calmo, con caricias oscuras, como a mí misma.

(...)
un manto de ruido imperceptible o el derecho de permanecer en silencio. en la intimidad de nuestro secreto, la música del sueño, un tema de misterio. dormir en cama nueva; con habilidad de ladrón vigilar las sombras recíprocas. en mi mano, el reflejo de tu mano; en las palabras que sueño durante el sueño, la boca cerrada.

(...)
conocimiento por el sueño, conocimiento por las manos, por las líneas que se trazan (se han trazado) con impulso irresistible.

dormida la asesina, la garganta, volcaba. la voz o la vida. la coincidencia fue un milagro; en las profundidades de mi sueño, siempre a mi lado, dormido, tu cuerpo habló.

Bárbara Belloc

La casa de las bellas durmientes

Había cortinas en las cuatro paredes y también en la puerta, pero aquí estaban recogidas hacia un lado. Cerró la puerta con llave, dejó caer la cortina y miró a la muchacha. Ella no fingía. Su respiración era la de un sueño profundo. Eguchi contuvo el aliento; era más hermosa de lo que había esperado. Y su belleza no era la única sorpresa. También era joven. Estaba acostada sobre el lado izquierdo, con el rostro vuelto hacia él. No podía ver su cuerpo, pero no debía tener ni veinte años. Era como si otro corazón batiese sus alas en el pecho del anciano Eguchi.

Su mano derecha estaba al borde de la colcha. El brazo izquierdo parecía extendido diagonalmente. El pulgar derecho se ocultaba a medias bajo la mejilla. Los dedos, sobre la almohada y junto a su rostro, estaban ligeramente curvados en la suavidad del sueño, aunque no lo suficiente para esconder los delicados huecos donde se unían a la mano. La cálida rojez se intensificaba gradualmente desde la palma a la yema de los dedos. Era una mano suave, de una blancura resplandeciente.

–¿Estás dormida? ¿Vas a despertarte?

Era como si se lo preguntara para poder tocarle la mano. La tomó en la suya y la sacudió. Sabía que ella no abriría los ojos. Miró su rostro. ¿Qué clase de muchacha sería? Las cejas estaban libres de cosméticos, las pestañas eran regulares. Olió la fragancia del cabello femenino. Al cabo de unos momentos el sonido de las olas aumentó, porque el corazón de Eguchi había sido cautivado. Se desnudó con decisión. Al observar que la luz venía de arriba, levantó la vista. La luz eléctrica procedía de dos claraboyas cubiertas con papel japonés. Como si tuviera más compostura de la que era capaz, se preguntó si era una luz que atenuaba el carmesí del terciopelo y si la luz del terciopelo daba a la piel de la joven el aspecto de un bello fantasma; pero el color no era lo bastante fuerte para reflejarse en su piel. Ya se había acostumbrado a la luz. Era demasiado intensa para él, habituado a dormir en la oscuridad, pero aparentemente no podía apagarse. Vio que la colcha era de buena calidad.

Se deslizó lentamente debajo de ella, temiendo que la joven se despertara, aunque sabía que seguiría durmiendo. Parecía estar completamente desnuda. No hubo reacción, ningún encogimiento de hombros ni torsión de las caderas que sugiriera que ella advertía su presencia. Era muy joven y, por muy profundo que fuera su sueño, debería haber una especie de reacción rápida. Pero él sabía que éste no era un sueño normal. Ese pensamiento le impidió tocarla cuando estiró las piernas. Ella tenía la rodilla un poco adelantada, lo que obligaba a las piernas de Eguchi a una postura difícil. No necesitó inspeccionar para saber que ella no estaba a la defensiva, que no tenía la rodilla derecha apoyada sobre la izquierda.

Los dedos de la mano que el viejo Eguchi sacudió suavemente también estaban sumidos en un profundo sueño. La mano descansaba tal como él la había dejado. Cuando tiró la almohada hacia atrás, la mano cayó. Miró el codo que estaba sobre la almohada. "Como si estuviera vivo", murmuró para sus adentros. Por supuesto que estaba vivo, y su única intención era observar su belleza, pero, una vez pronunciadas, las palabras adquirieron un tono siniestro. Aunque esta muchacha sumida en el sueño no había puesto fin a las horas de su vida, ¿acaso no las había perdido, abandonándolas a profundidades insondables? No era una muñeca viviente, pues no podía haber muñecas vivientes, pero, para que no tuviera que avergonzarse de un viejo que ya no era hombre, la habían convertido en un juguete viviente. No, en un juguete no: para los viejos podía ser la vida misma. Una vida que podía tocarse con confianza. Para los ojos cansados y présbitas de Eguchi, la mano vista de cerca era aun más suave y hermosa.

Los ojos cansados advirtieron que en los lóbulos de las orejas había el mismo matiz rojo, cálido y sanguíneo que se intensificaba hacia las yemas de los dedos. Podía ver las orejas a través del cabello. El rubor de los lóbulos de las orejas indicaba la frescura de la muchacha con una súplica que le llegó al alma. Eguchi se había encaminado hacia esta casa secreta inducido por la curiosidad, pero sospechaba que hombres más seniles que él podían acudir aquí con una felicidad y una tristeza todavía mayores. El cabello de la muchacha era largo, probablemente para que los ancianos jugaran con él. Apoyándose de nuevo sobre la almohada, Eguchi lo apartó para descubrir la oreja. El cabello detrás de la oreja tenía un resplandor blanco. El cuello y el hombro eran también jóvenes y frescos; aún no mostraban la plenitud de la mujer. Echó una mirada a la habitación. En la caja sólo había sus propias ropas; no se veía rastro alguno de las de la muchacha. Tal vez la mujer se las había llevado, pero Eguchi tuvo un sobresalto al pensar que la muchacha podía haber entrado desnuda en la habitación. Estaba aquí para ser contemplada, él sabía que la habían adormecido para este fin, y que esta nueva sorpresa era inmotivada; pero cubrió su hombro y cerró los ojos. Percibió el olor de un niño de pecho en el olor de la muchacha. Era el olor a leche de un lactante, y más fuerte que el de la muchacha. Era imposible que la chica hubiera tenido un hijo, que sus pechos estuvieran hinchados, que los pezones rezumaran leche. Contempló de nuevo su frente y sus mejillas, y la línea infantil de la mandíbula y el cuello. Aunque ya estaba seguro, levantó ligeramente la colcha que cubría el hombro. El pecho no era un pecho que hubiese amamantado. Lo tocó suavemente con el dedo; no estaba húmedo. La muchacha tenía apenas veinte años. Aunque la expresión infantil no fuese por completo inadecuada, la muchacha no podía tener el olor a leche de un lactante. De hecho, se trataba de un olor de mujer, y sin embargo, era muy cierto que el viejo Eguchi había olido a lactante hacía un momento. ¿Habría pasado un espectro? Por mucho que se preguntara el porqué de su sensación, no conocería la respuesta; pero era probable que procediera de una hendidura dejada por un vacío repentino en su corazón. Sintió una oleada de soledad teñida de tristeza. Más que tristeza o soledad, lo que lo atenazaba era la desolación de la vejez. Y ahora se transformó en piedad y ternura hacia la muchacha que despedía la fragancia del calor juvenil. Quizás únicamente con objeto de rechazar una fría sensación de culpa, el anciano creyó oír música en el cuerpo de la muchacha. Era la música del amor. Como si quisiera escapar, miró las cuatro paredes, tan cubiertas de terciopelo carmesí que podría no haber existido una salida. El terciopelo carmesí, que absorbía la luz del techo, era suave y estaba totalmente inmóvil. Encerraba a una muchacha que había sido adormecida, y a un anciano.

–Despierta, despierta –Eguchi sacudió el hombro de la muchacha. Luego le levantó la cabcza.

Un sentimiento hacia la muchacha, que surgía en su interior, lo impulsó a obrar así. Había llegado un momento en que el anciano no podía soportar el hecho de que la muchacha durmiera, no hablara, no conociera su rostro y su voz, de que no supiera nada de lo que estaba ocurriendo ni conociera a Eguchi, el hombre que estaba con ella. Ni una mínima parte de su existencia podía alcanzarla. La muchacha no se despertaría, era el peso de una cabeza dormida en su mano; y sin embargo, podía admitir el hecho de que ella pareciera fruncir ligeramente el ceño como una respuesta viva y rotunda. Eguchi mantuvo su mano inmóvil. Si ella se despertaba debido a un movimiento tan pequeño, el misterio del lugar, descripto por el viejo Kiga, el hombre que se lo había indicado, como "dormir con un Buda secreto", se desvanecería. Para los ancianos clientes en quienes la mujer podía "confiar", dormir con una belleza que no se despertaría era una tentación, una aventura, un goce en el que, a su vez, podían confiar. El viejo Kiga había dicho a Eguchi que sólo podía sentirse vivo cuando se hallaba junto a una muchacha narcotizada.

(...)

¿Sería que una muchacha profundamente dormida, que no dijera nada ni oyera nada, lo oía todo y lo decía todo a un anciano que, para una mujer, había dejado de ser hombre? Pero esta era la primera experiencia de Eguchi con una mujer así. Sin duda, la muchacha había tenido muchas veces esta experiencia con hombres viejos. Entregada totalmente a él, sin conciencia de nada, en una especie de profunda muerte aparente, respiraba con suavidad, mostrando un lado de su inocente rostro. Ciertos ancianos tal vez acariciarían todas las partes de su cuerpo, otros sollozarían. La muchacha no se enteraría en ninguno de los dos casos. Pero ni siquiera este pensamiento indujo a Eguchi a la acción. Al retirar la mano de su cuello tuvo tanto cuidado como si manejara un objeto frágil, pero el impulso de despertarla con violencia aún no lo había abandonado.

Cuando retiró la mano, la cabeza de ella dio una suave media vuelta, y también el hombro, por lo que la muchacha quedó boca arriba. Eguchi se apartó, preguntándose si abriría los ojos. La nariz y los labios brillaban de juventud bajo la luz del techo. La mano izquierda se movió hacia la boca, parecía a punto de meter el índice entre los dientes, y él se preguntó si sería un hábito de la muchacha cuando dormía, pero ella sólo la acercó dulcemente a los labios, y nada más. Los labios se abrieron un poco, mostrando los dientes. Hasta ahora había respirado por la nariz, y ahora lo hacía por la boca. Su respiración parecía un poco más rápida. El se preguntó si sentiría algún dolor, y decidió que no. Debido a la separación de los labios, una tenue sonrisa parecía flotar entre las mejillas. El sonido de las olas rompiendo contra el alto acantilado se hizo más próximo. El sonido de las olas al retroceder sugería grandes rocas al pie del acantilado, el agua retenida entre ellas parecía seguir un poco más tarde. La fragancia del aliento de la muchacha era más intensa en la boca que en la nariz. Sin embargo, no olía a leche. Se preguntó de nuevo por qué había pensado en el olor a leche. Tal vez era un olor que le hacía ver a la mujer en la muchacha.

(...)

Solía evocar recuerdos de las mujeres con quienes había mantenido relaciones amorosas. Esta noche había resucitado un viejo amor porque la bella durmiente le había comunicado la ilusión de que olía a leche. Tal vez la sangre del pecho de aquella muchacha lejana le había hecho percibir en la muchacha de esta noche un olor que no existía. Tal vez fuera un consuelo melancólico para un anciano sumirse en recuerdos de mujeres de un pasado remoto que ya no volverían, ni siquiera mientras acariciaba a una belleza a la que no lograría despertar.

Yasunari Kawabata

10. DURMIENTES EN DUERMEVELA

Cantar de los cantares

Esposa:

Yo duermo y mi corazón vela. La voz de mi querido llama:
"Abreme, hermana mía, compañera mía, paloma mía,
perfecta mía, porque
mi cabeza está llena de rocío y mi cabello de las gotas
de la noche."

Salomón

Asiendo una gema...

Asiendo una gema entre los dedos
me fui a dormir;
el día era cálido y el viento árido.
Me dije "se mantendrá".

Desperté y reprendí a mis honestos dedos;
la gema ya no estaba
y ahora, un recuerdo de amatista
es todo lo que poseo.

Emily Dickinson

Insomnio

Tú y tu desnudo sueño. No lo sabes.
Duermes. No. No lo sabes. Yo en desvelo,
y tú, inocente, duermes bajo el cielo.
Tú por tu sueño y por el mar las naves.

En cárceles de espacio, aéreas llaves
te me encierran, recluyen, roban. Hielo
cristal de aire en mil hojas. No. No hay vuelo
que alce hasta ti las alas de mis aves.

Saber que duermes tú, cierta, segura
–cauce fiel de abandono, línea pura–,
tan cerca de mis brazos maniatados.

Qué pavorosa esclavitud de isleño,
yo insomne, loco, en los acantilados,
las naves por el mar, tú por tu sueño.

Gerardo Diego

El sueño

Hay momentos de soledad
en el que el corazón reconoce, atónito, que no ama.
Acabamos de incorporarnos, cansados: el día oscuro.
Alguien duerme, inocente, todavía sobre ese lecho.
Pero quizá nosotros dormimos. Ah, no: nos movemos.
Y estamos tristes, callados. La lluvia, allí insiste.
Mañana de bruma lenta, impiadosa. ¡Cuán solos!
Miramos por los cristales. Las ropas, caídas,
el aire, pesado, el agua, sonando. Y el cuarto,
helado en este duro invierno que fuera, es distinto.

Así te quedas callado, tu rostro en tu mano.
Tu codo sobre la mesa. La silla, en silencio.
Y sólo suena el pausado respiro de alguien,

de aquella que allí, serena, bellísima, duerme
y sueña que no la quieres, y tú eres su sueño...

Ida

Duerme, muchacha.
Láminas de plomo,
ese jardín que dulcemente oculta
el tigre y el luzbel
y el rojo no domado.
Duerme, mientras manos de seda,
mientras paño y aroma,
mientras caídas luces que resbalan
tiernamente comprueban la vastedad del seno,
el buen amor que sube y baja a sangre.

Amor.
Como esa maravilla,
como ese blanco ser que entre flores bajas
enreda su mirada o su tristeza,
el paisaje secunda el respirar con pausa,
el verde duele, el ocre es amarillo,
el agua que cantando se aproxima
en silencio se marcha hacia lo oscuro.

Amor,
como la ida,
como el vacío tenue que no besa.

Vicente Aleixandre

Berceuse al espejo dormido

Duerme.
No temas la mirada
errante.

Duerme.

Ni la mariposa,
ni la palabra,
ni el rayo furtivo
de la cerradura
te herirán.
Duerme.

Como mi corazón,
así tú,
espejo mío.
Jardín donde el amor
me espera.

Duérmete sin cuidado,
pero despierta,
cuando se muera el último
beso de mis labios.

Federico García Lorca

Después del silencio

Un viejo amaba a un muchacho. Niño aún
–gato visiblemente selvático–, temía
castigos a sus pensamientos ocultos. Ahora dos
cosas en el corazón dejan una impronta
dulce: la mujer que ajusta el paso ligero
a tu paso la primera vez, y el niño
que, al fin lo salvas, confiado
pone su pequeña mano en tu mano.

Jovencito tirano, ojos de cielo,
abiertos sobre un abismo, le pedía
a su amigo una interminable canción de cuna.
La canción de cuna era una historia,
como una rara e inquietante experiencia

filtraba en su voraz adolescencia:
otro bien, otro mal. "Ahora basta–
decía al rato; apaguemos, durmamos."
Y se volvía contra la pared. "Te amo–
y después de un silencio agregaba –sos bueno
siempre conmigo, con tu niño." Y de pronto
se hundía en un sueño inquieto. El viejo,
con los ojos abiertos, no dormía más.

Olvidadizo, insensible, con apariencia
de ángel todavía. En tu impaciencia,
corazón, no lo acuses. Piensa: Está solo;
tiene una tarea difícil; tiene la vida
no detrás, sino delante de sí. Tú apura,
si puedes, tu muerte. O no lo pienses más.

Umberto Saba

Kitchen

Creo que la cocina es el lugar del mundo que más me gusta. En la cocina, no importa de quién ni cómo sea, o en cualquier sitio donde se haga comida, no sufro. Si es posible, prefiero que sea funcional y que esté muy usada. Con los trapos secos y limpios, y los azulejos blancos y brillantes.

Incluso las cocinas sucísimas me encantan. Aunque haya restos de verduras esparcidos por el suelo y esté tan sucio que la suela de las zapatillas quede ennegrecida, si la cocina es muy grande, me gusta. Si allí se yergue una heladera enorme, llena de comida como para pasar un invierno, me gusta apoyarme en su puerta plateada. Cuando levanto los ojos de la cocina de gas grasienta y del cuchillo oxidado, en la ventana brillan estrellas solitarias.

Sólo estamos la cocina y yo. Pero creo que es mejor que pensar que en este mundo estoy yo sola.

Cuando estoy agotada suelo quedarme absorta. Cuando llegue el momento, quiero morir en la cocina. Sola en un lugar frío, o junto a alguien en un lugar cálido, me gustaría ver claramente mi muerte sin sentir miedo. Creo que me gustaría que fuese en la cocina.

(...)

Antes de que me acogiera la familia Tanabe, dormía siempre en la cocina. Una noche en que no podía conciliar el sueño, salí de mi habitación y busqué un lugar cómodo. Me di cuenta, al amanecer, de que donde mejor podía dormir era junto a la heladera.

Yo, Mikage Sakurai, soy huérfana. Mis padres murieron jóvenes. Me criaron mis abuelos. Mi abuelo murió en la época de mi ingreso en la escuela secundaria. Desde entonces, vivíamos solas mi abuela y yo.

Hace poco murió mi abuela inesperadamente. Me asusté.

La familia, esta familia que realmente he tenido, fue reduciéndose poco a poco a lo largo de los años, y ahora, cuando recuerdo que estoy aquí, sola, todo lo que tengo ante mis ojos me parece irreal. Ahora, en la habitación en la que nací y crecí, me sorprende ver que el tiempo ha pasado y que estoy sola.

Como en la ciencia ficción. Es la oscuridad del universo.

Después del entierro estuve como ausente tres días.

Yo arrastraba suavemente un sueño tranquilo que acompañaba a una tristeza inmensa sin hacerme apenas derramar lágrimas, y extendí el *futon* en la cocina, que brillaba en silencio. Como Linus, dormí envuelta en una manta. El zumbido de la heladera me protegía de los pensamientos de soledad. Allí, la noche, larga, pasó bastante sosegada y llegó la mañana.

Sólo quería dormir bajo las estrellas.

Sólo quería despertarme con la luz de la mañana.

Todo lo demás, simplemente, fue pasando despacio.

Banana Yoshimoto

Interpretación de un sueño

I

El se duerme. Vuelca sus ojos
al sueño

la luz lo envuelve
se posa en sus párpados frescos

Un sueño, vagabundo en la oscuridad,
ilumina ahora con
nitidez aguda como una confirmación

II

En el segundo inmediato al despertar
Una puerta se cierra de nuevo
crujir de piedrecillas bajo pasos veloces

Mas en verdad nunca un ruido
Sólo la fe de que así ha ocurrido.

Ulf Malmqvist

El cerrajero dormido

durmiendo remo en mi malla de acero
por un gran mar de hielo
en los sitios más profundos
la sal helada
me llega a la garganta
y yo clamo

durmiendo

durmiendo voy en un trineo encendido
a través del espacio desvelado
cuesta abajo
el cielo tormentoso
me empapa las costillas
y yo clamo con furia

durmiendo

durmiendo navego hasta la sepultura

en un sangriento paracaídas
colgando en el espacio
el polvo torturado
me ennegrece la boca
y yo clamo rabioso a un cerrajero

durmiendo

para que arranque toda esta oscuridad
para que haga estallar los témpanos de hielo
para que me abra el crujiente corazón.

Hans Magnus Enzensberger

Eres un hermano que es...

Eres un hermano que es una dama
que es momentáneamente mi mujer...
Bien: ahora durmamos a pierna
suelta y apelotonados, ronroneando.
Pégate a mí, que yo acomodo
el vientre al hueco de tu espalda;
mis rodillas a las tuyas,
tus pies de chiquillo a los míos;
tápate el culo con tu camisón
pero deja mi mano puesta
al calor de tu amable felpudo.
Así, anudados. Mudos.
No es la paz, es la tregua.

Paul Verlaine

Insomnio

No duermo ni espero dormir.
Ni en la muerte espero dormir.

Me espera un insomnio de la amplitud de los astros,
y un bostezo inútil tan extenso como el mundo.
No duermo; no puedo leer cuando despierto de noche,
no puedo escribir cuando despierto de noche,
no puedo pensar cuando despierto de noche–
Dios mío, ¡ni puedo soñar cuando despierto de noche!

¡Ah, el opio de ser otra persona cualquiera!
No duermo; yazgo, cadáver despierto, sintiendo,
y mi sentimiento es un pensamiento vacío.

Pasan por mí, trastornadas, cosas que me sucedieron:
todas aquéllas de las que me arrepiento y me culpo;
pasan por mí trastornadas, cosas que no me sucedieron:
todas aquéllas de las que me arrepiento y me culpo;
pasan por mí, trastornadas, cosas que no son nada,
y hasta de ésas me arrepiento, me culpo, y no duermo.

No tengo fuerza para tener la energía de encender un cigarrillo.
Miro la pared de enfrente del cuarto como si fuese el universo.
Allá afuera existe el silencio de todo eso.
Gran silencio aterrador en otra ocasión cualquiera,
en otra ocasión cualquiera en que yo pudiese sentir.

Estoy escribiendo unos versos realmente simpáticos:
versos que dicen que no tengo nada que decir,
versos que insisten en decirlo,
versos, versos, versos, versos, versos,
Tantos versos...
Y la verdad entera y la vida entera, fuera de ellos y de mí.

Tengo sueño, no duermo, siento y no sé qué sentir.
Soy una sensación sin la correspondiente persona,
una abstracción de autoconciencia sin tener de qué,
salvo lo necesario para sentir conciencia,
salvo –yo qué sé salvo qué...

No duermo. No duermo. No duermo.
¡Qué gran sueño en toda la cabeza y sobre los ojos y en el alma!
¡Qué gran sueño en todo, excepto en poder dormir!

Oh amanecer, tardas tanto... Ven...

Ven inútilmente,
a traerme otro día igual a éste, seguido de otra noche igual a ésta...
Ven a traerme la alegría de esa esperanza triste,
porque siempre eres alegre, y siempre traes esperanzas,
según la vieja literatura de las sensaciones.

Ven, trae la esperanza, ven, trae la esperanza.
Mi cansancio penetra el colchón.
Me duele la espalda por no estar acostado de lado.
Si estuviese acostado de lado me dolería la espalda por estar acostado de lado.
¡Ven, amanecer, llega!
¿Qué hora es? No sé.
No tengo energía para tender una mano hasta el reloj,
no tengo energía para nada, para nada de nada...
Sólo para estos versos, escritos al día siguiente.
Sí, escritos al día siguiente.
Todos los versos se escriben siempre al día siguiente.

Noche absoluta, sosiego absoluto, allá afuera.
Paz en toda la Naturaleza.
La Humanidad reposa y olvida sus amarguras.
Exactamente.
La Humanidad olvida sus alegrías y sus amarguras.
Es lo que suele decirse.
La Humanidad olvida, sí, la Humanidad olvida.
Pero incluso despierta la Humanidad olvida.
Exactamente. Pero yo no duermo.

Fernando Pessoa

Teorema

MISERIA DEGRADANTE DEL PROPIO CUERPO DESNUDO Y FUERZA REVELADORA DEL CUERPO DESNUDO DEL COMPAÑERO

El huésped y el hijo duermen, pues, en el mismo cuarto. Y a la noche, entran juntos en él. (...) Quizá sea tarde, quizá tengan sueño, quizá su silencio obedezca –esta hipótesis es la más probable– al pudor que, no sin un sentimiento extraño y desagradable por parte de Pedro, ambos sienten al entrar juntos en el cuarto y al empezar a desvestirse.

Mientras el huésped –tal vez más experto y, en suma, más adulto– se mueve con cierta desenvoltura, el otro parece entorpecido en sus movimientos por algo que lo vuelve excesivamente concentrado, molesto, rígido. El joven huésped se desviste, como es natural, frente al muchacho: hasta quedar totalmente desnudo, sin temor, sin el menor sentimiento de vergüenza, como ocurre, o debería ocurrir, en casi todos los casos, entre dos jóvenes del mismo sexo y casi la misma edad.

Es obvio que Pedro, lo repetimos, siente un pudor profundo y antinatural, que podría explicarse (puesto que es el menor) y podría ser en él un rasgo de gracia mayor si al menos tuviera un poco de humorismo y un poco de rabia. Pero se lo ve perturbado por ese pudor. Su palidez aumenta, la seriedad de sus ojos pardos se hace mezquina, casi mísera.

Para desnudarse y ponerse el pijama, se tiende bajo la sábana, haciendo con mucha dificultad esa operación tan fácil.

Antes de dormirse, ambos muchachos cambian pocas palabras simples: después se dan las buenas noches y cada uno se queda solo en su cama.

El joven huésped –lleno de esa serenidad que no hiere a quien está privado de ella– se duerme con el sueño misterioso de la gente sana. En cambio, Pedro no consigue dormirse; se queda con los ojos abiertos, se vuelve bajo las sábanas: hace todo lo que hace quien sufre un insomnio estúpido, humillante como un castigo injusto.

LA ELECCIÓN DE SI MISMO COMO INSTRUMENTO DE ESCANDALO

Ahora tiembla frente a la cama del huésped. Y como obedeciendo a un impulso más fuerte que él (y que sin embargo surge de su interior), el mismo impulso que lo ha hecho levantarse de la cama, ahora hace algo que, un momento antes, no habría siquiera soñado con poder hacer o, mejor dicho, con querer hacer.

Poco a poco levanta la ligera manta posada sobre el cuerpo desnudo del huésped, deslizándola sobre sus miembros. La mano le tiembla y casi sale un gemido de su garganta.

Y tras ese ademán que lo descubre hasta el vientre, el huésped se despierta.

TODO MILAGROSO, COMO LA LUZ DE LA MAÑANA NUNCA VISTA

Abandonado el jardín a su luz, el padre regresa a tientas, deshaciendo su camino, al interior de la casa, hasta meterse por el corredor tristemente iluminado por la luz eléctrica. Pero como retenido por un pensamiento súbito, se detiene ante la puerta del dormitorio de su hijo.

Una vez más, su impulso es algo mecánico e inspirado: una especie de curiosidad que nunca ha sentido y acerca de la cual es incapaz de preguntarse nada: muy despacio, abre la puerta.

En el dormitorio, esa luz, que todavía no ha agotado su misión sin vínculos con las cosas del mundo, entra por las hendiduras de la gran persiana y delinea al huésped y al hijo, que duermen en la misma cama.

El sueño los ha desordenado: pero con un desorden lleno de paz. Los cuerpos, medio descubiertos, están entrelazados: pero los separa el sueño. Los miembros están cálidos de una vitalidad ciega y tibia, y al mismo tiempo no parecen tener vida.

El padre permanece largo tiempo mirando, enternecido, esta aparición cuyo significado ignora y que, de algún modo, también es reveladora.

Al fin se aparta, cierra muy despacio la puerta, como un ladrón, y vuelve a su cuarto.

Lucía duerme con su sueño ligero. La cama del padre está desagradablemente deshecha. Se mete en ella, pero no consigue volver a dormirse. Algo que no tiene nombre, pero sí una lucidez insoportable, lo obliga a permanecer con los ojos abiertos, pensando, quizá, en una vida cuyo sentido, después de haber sido trastocado, permanece en suspenso. ¿Qué hacer?

Al fin, arrebatado por una especie de loca impaciencia, sacude a Lucía y la despierta.

DONDE SE ESCRIBE COMO TAMBIEN LUCIA ACABA POR PERDER O TRAICIONAR A DIOS

Un poco de esa luz lunar, atrozmente melancólica, entra en el cuarto donde Lucía está tendida con los ojos abiertos, sobre el camastro deshecho.

En la inconsciencia de su sueño lleno de derechos, en su inocencia casi ofensiva, el muchacho ha ocupado con su cuerpo todo el camastro; para ello ha empujado a Lucía a un extremo donde no podría retomar el sueño, aunque lo quisiera. Despertarse ha sido, para ella, encontrarse sumergida en un estado de intenso estupor; y de dolor, al menos tan irremediable como la luz agonizante de esa luna que anuncia el día.

Lucía se levanta como un fantasma, sin haber tomado (es obvio) ninguna decisión. Quizá por puro amor, o quizá sólo para ir hacia la ventana, para mirar la fuente de esa luz atroz que ilumina el cuarto.

Pero se queda inmóvil, junto a la cama, y mira... las ropas del muchacho, arrojadas en el suelo.

(...)

...El muchacho no se ha quitado los calcetines; todavía los lleva en los pies de su cuerpo desnudo.

Duerme de lado, como los fetos, con los brazos extendidos y apretados (entre los muslos, contra el sexo).

Lucía lo mira como un sobreviviente: esa inocencia tan ciega le da pena; la respiración demasiado regular y un poco sucia del sueño; la belleza del rostro, que el sudor y la palidez han vuelto sórdida, como mutilada, y acaso cierto olor indistinto que emana de todo el cuerpo (quizá de esos calcetines que conserva en los pies) le repugnan; es una repugnancia que aumenta por el abandono, la inconsciencia del muchacho, tan estúpidamente vencido por la necesidad del cuerpo. Es una repugnancia que es casi odio para Lucía; un verdadero deseo de golpearlo, de ofenderlo, con indignación y con desprecio, para que comprenda de una vez por todas que un hombre no debe dormirse así, no debe ceder, no debe morir.

Pero Lucía tampoco puede vencer cierta ternura, el último, definitivo sentimiento que experimentará al irse a hurtadillas: ya está vistiéndose, ya se ha puesto la falda y se acerca a él para acariciar una vez más ese cuerpo desnudo, cuyos músculos se han distendido y se han vuelto carne blanda, inconsciente. Y su mano baja desde el pecho, ancho y dulce como una plaza, por el estómago dividido por sus dos músculos simétricos, como en las estatuas, por el vientre, aún sin asomo de grasa, pero ya demasiado viril, con una sombra de fino vello que sube hasta el ombligo y llega hasta el sexo, puro de toda cosa que no sea la miseria de la carne.

Pier Paolo Pasolini

11. ANIMALES QUE DUERMEN

Nada me gusta más que cuando un perro ladra dormido.

Gertrude Stein

La vida de las hormigas

Y para terminar, aunque parezca inverosímil, está el reposo. Creemos, en efecto, que la hormiga, cuya actividad nos parece frenética y se agita día y noche como una centella en un manojo de paja, ignora necesaria y totalmente la fatiga. Ella sufre la gran ley de esta tierra, a veces tiene necesidad de replegarse en sí misma, de juntar fuerzas y olvidar la vida. Cuando cargada de un botín tres o cuatro veces más pesado que ella, tras una larga aventura, vuelve a la morada, sus compañeras que guardan las puertas se apresuran a pedir inmediatamente la regurgitación con la cual comienza y termina todo suceso notable en su mundo, enseguida ellas limpian el polvo que la cubre, la cepillan, la acarician y la conducen a una suerte de dormitorio reservado, lejos del tumulto de la multitud, para las viajeras extenuadas. Ahí se hunde inmediatamente en un sueño tan profundo que ni el ataque al hormiguero, que emociona hasta a los enfermos, la despierta sino a medias, y en lugar de combatir no piensa sino en huir.

Las reinas jóvenes

Cerremos ahora nuestra joven colmena, en la que la vida, reanudando su movimiento circular, se manifiesta y se multiplica, para dividirse a su vez cuando alcance la plenitud de la fuerza y de la felicidad, y abramos por última vez la colmena madre a fin de ver lo que pasa en ella desde la salida del enjambre.

Calmado el tumulto de la partida y abandonada para siempre por las dos terceras partes de sus hijas, la infeliz colmena es como un cuerpo que ha perdido su sangre: está cansada, desierta, casi muerta. Sin embargo, han quedado en ella algunos centenares de abejas, que sin trastorno, pero con alguna languidez, reanudan el trabajo, reemplazan lo mejor que pueden a las ausentes, borran las huellas de la orgía, encierran las provisiones entregadas al saqueo, van a las flores, velan por el depósito del porvenir, conscientes de la misión y fieles al deber que un destino preciso les impone.

Pero si el presente parece triste, cuanto la vista encuentra está poblado de esperanzas. Nos hallamos en uno de esos castillos de las leyendas alemanas, donde los muros se componen de millares de frascos que contienen las almas de los que van a nacer. Nos encontramos en la morada de la vida que precede a la vida. Hay aquí, en suspenso, dentro de cunas bien cerradas, en la superposición infinita de los alvéolos de seis caras, miríadas de ninfas, más blancas que la leche, que con los brazos doblados y la cabeza inclinada sobre el pecho esperan la hora de despertar. Al verlas en sus sepulturas uniformes, innumerables y casi transparentes, diríase que son gnomos canosos que meditan o legiones de vírgenes deformadas por los pliegues del sudario y sepultadas en prismas hexagonales, multiplicados hasta el delirio por un geómetra inflexible.

Sobre la extensión de esos muros perpendiculares que encierran un mundo que crece, se transforma, da vueltas sobre sí mismo, cambia cuatro o cinco veces de ropaje e hila su mortaja en la sombra, baten las alas y danzan centenares de obreras para mantener el calor necesario y también para un fin más oscuro, pues su danza tiene zarandeos extraordinarios y metódicos que deben responder a algún objeto que, según creo, ningún observador ha puesto en claro.

Al cabo de algunos días, las cubiertas de esas miríadas de urnas (en una colmena grande se cuentan de setenta a ochenta mil) se rajan y aparecen dos grandes ojos negros y graves dominados por antenas que palpan ya la existencia en torno, mientras activas mandíbulas acaban de ensanchar la abertura. En seguida acuden las nodrizas, que ayudan a la joven abeja a salir de su prisión, la sostienen, la cepillan, la limpian y le ofrecen en la extremidad de la lengua la primera miel de su nueva vida. Como llega de otro mundo, se halla aún un poco aturdida, un poco pálida, vacilante. Tiene el aire débil de un viejecito escapado de la tumba. Diríase que es una viajera cubierta del polvo de los caminos desconocidos quc conducen al nacimiento. Por lo demás, es perfecta de pies a cabeza, sabe inmediatamente lo que debe saber, y como esos hijos del pueblo que se enteran, por decirlo así, al nacer, de que tendrán poco tiempo para jugar y reír, se dirige hacia las celdas cerradas y se pone a batir las alas y a agitarse cadenciosamente para calentar a su vez a sus hermanas sepultadas, sin detenerse en descifrar el asombroso enigma de su destino y de su raza.

Maurice Maeterlinck

Sobre la campana

Sobre la campana del templo
reposa y duerme
la mariposa

Buson

Cangura

Algunas canguras duermen bajo los árboles con una pequeña amante en la bolsa de su vientre, la cual también duerme.

Gata

Las gatas se cuentan entre los animales de cama preferidos por las amantes. Son ellas quienes las hacen dormir con más placer. Frotan su pelambre muy suavemente contra las pieles desnudas. Los lugares favoritos que eligen para acariciar son los vientres, los cuellos, las axilas, el hueco de los riñones, los muslos. Suele suceder que durmiendo se estiren, y apoyen la palma de sus patas contra el cuerpo de las amantes y empujen con todas sus fuerzas, los miembros estirados, la boca abierta bostezando, la cabeza echada hacia atrás.

Jaguar

Las amantes que viven en los bosques al borde del río Amazonas eligen muchas veces a las jaguares como animales de lecho. Muchas se enamoran de ellas. Las portadoras de fábulas dicen que en algunos donasterios es difícil dormir a causa de los rugidos, ronroneos, gruñidos, ronquidos de las jaguares que se encuentran luego, por la mañana, sosteniéndose sobre sus patas, con sus amantes de lecho a los hombros, la cabeza apoyada contra sus cuellos.

Serpientes

Las amantes que duermen con serpientes tienen mucho cuidado de no aplastarlas mientras duermen. Las arrollan alrededor de sus muñecas y de sus brazos, alrededor de sus piernas y de sus tobillos, alrededor del cuello, en todos aquellos lugares que dejan un espacio a las serpientes para enrollarse. Las portadoras de fábulas dicen que no conocen ningún caso de serpiente aplastada por su amante de lecho. Ocurre muchas veces, sin embargo, que una amante, pese a todas sus precauciones, se despierta acostada de espaldas o de vientre sobre su serpiente profundamente dormida.

Yegua

Las amazonas y las yeguas mantenían entre ellas relaciones de hermanas. Las yeguas eran pocas veces las animales de lecho de las amazonas. Sin embargo, durante los largos períodos de campaña, las portadoras de fábulas dicen que no era raro ver a una amazona durmiendo entre las patas de su yegua.

Monique Wittig-Sande Zeig

Darle margaritas a los cerdos

Me levanto temprano para dar de comer a los cerdos.

El campo está todavía sombrío, una larga nube gris encalló en lo alto, pero el campo de margaritas blancas resplandece, agitado por el viento. A la derecha está el cerco de madera donde los cerdos (grises a la penumbra del alba) duermen. Una franja de tierra marrón y estéril separa el campo de margaritas del cerco de los cerdos. Yo la recorro una y otra vez, sin prisa, mirando ora el crecimiento de las flores blancas y torneadas, de centro amarillo, ora el lomo gris de los cerdos, que duermen echados los unos sobre los otros, con sus raras pezuñas alzadas.

Cuando he reunido suficientes margaritas en los brazos, me dirijo hacia el chiquero que está cerrado. Al verme venir, los cerdos, aún entorpecidos por el sueño, gruñen y se empujan, sofocándose entre sí, como una lejana tormenta de truenos.

(...)

Una vez, cuando era pequeño (y ya me ocupaba de ello), mi madre, asomándose al vano de la casa (como una sombría aparición inesperada) me reconvino. Yo estaba recogiendo las flores, inclinado sobre el campo bajo el frío viento, y de pronto la vi, negra figura en el escenario de piedra y de cartón.

–Hijo mío –me dijo–. ¿Por qué alimentas con margaritas a los cerdos?

Yo miré el campo de flores apenas agitadas por el viento que se extendía ante mis ojos con sus centros amarillos bajo el cielo uniforme y gris. El campo era largo y la formación de flores simétrica. Del otro lado, el cerco de cerdos era redondo y del suelo se elevaba un vaho de sudor y estiércol, el penetrante olor de los tótems dormidos torpemente. Poca gente resiste ese olor que, sin agradarme, constituye para mí una fuente inagotable de investigación. Algo que viene de lo antiguo está allí, mezclado con basura y cosas revueltas. Descubro raíces maceradas, troncos podridos, hierbas secas digeridas, jugos ácidos segregados por vísceras profundas. Una bola de olor amasada con líquidos untuosos y sórdidos.

Mi madre también podía ver el extenso campo de margaritas recortado contra el cielo gris, como una isla de pelícanos que el náufrago divisa entre las olas. Y a los cerdos, turbiamente echados los unos contra los otros, en concupiscencia grosera e inocente.

–El campo es grande –le dije–. Sólo he cultivado margaritas; si hay otra cosa, yo no lo sé. Las arranco y vuelven a crecer. El secreto de las margaritas es que no se conocen a sí mismas; eso les confiere belleza y humildad.

Los cerdos roncaban.

Los miré. Nunca había visto otra cosa que no fueran cerdos. Y ellos, posiblemente, no habían visto otra cosa que no fueran margaritas, pero no lo sabían, por lo cual les era indiferente.

Cristina Peri Rossi

Nutria

...o la nutria marina que se ata cuidadosamente a un lecho de algas, de forma que puede echarse a dormir sin temor a que las corrientes y la marea se la lleven demasiado lejos.

Gerald Durrell

Lo mínimo

Estudio las vidas sobre una hoja: los pequeños
Durmientes, ateridos, que se codean en frías dimensiones,
Escarabajos en cavernas, salamandras, peces sordos,
Piojos amarrados en largas, flojas malezas subterráneas,
Contorsionistas de marismas,
Y reptiles bacterianos
Culebreando entre heridas
Como jóvenes anguilas en estanques,
Sus descoloridas bocas besando las cálidas suturas,
Limpiando y acariciando,
Deslizándose y cicatrizando.

El ratón de los prados

1

En una caja de zapatos adornada con una vieja media de nylon

duerme el bebé ratón que hallé entre los prados,
donde se agitaba y sacudía debajo de un palo
hasta que lo levanté de la cola y me lo traje,
acunado en la mano,
un tanto estremecido, todo su cuerpo tembloroso,
sus absurdos bigotes muy paraditos como ratón de dibujo
/animado,
sus patas como hojas diminutas,
patitas de lagartija,
blancuzcas y desparramándose cuando luchaba por estirarse,
retorciéndose como las de un cachorro minúsculo.

Ahora ha comido sus tres clases de queso y bebido bastante agua
/en su tapón de botella–
tanto que sólo puede reposar en una esquina,
su cola rizada por debajo, su vientre tan prominente
como su cabeza; sus orejas de vampiro
crispándose, orientándose hacia el mínimo ruido.
¿Imagino que ya no tiembla
cuando me acerco a él?
Parece que ya no tiembla.

2

Pero esta mañana la caja de zapatos junto a
la puerta trasera se encuentra vacía.
¿A dónde se ha ido mi ratón de los prados,
el pulgarcito que frotaba su nariz contra la palma de mi mano?
A correr bajo el halcón,
bajo el ojo del gran búho que vigila desde el olmo,
a vivir por cortesía del gavilán, de la serpiente, del gato.

Pienso en el nido caído entre las profundas hierbas,
la tortuga jadeante sobre la polvorienta cinta de la carretera,
el paralítico agarrotado en la bañera, y el agua subiendo–
en todas las cosas inocentes, las inermes, las desamparadas.

Theodore Roethke

Noche

El buey
cierra sus ojos
lentamente...
Calor de establo.

Este es el preludio
de la noche.

Federico García Lorca

Peter

Fuerte y resbaladizo,
hecho para la tertulia de medianoche en el pasto,
enfrentado por cuatro gatos,se pasa el tiempo durmiendo
– la primera zarpa separada en la pata delantera,
/que corresponde
al pulgar, retraída hasta la punta; la pequeña mata de follaje
o patas de chicharra sobre cada ojo, aunque se pueden contar
/las unidades
de cada grupo; las espinas de pescado dispuestas regularmente
/alrededor de la boca,
para alzarse o caer al unísono como las púas del puercoespín
– ahora inmóviles. Permite que la gravedad lo achate,
como si fuera un pedazo de alga amansado y debilitado por la
/exposición al sol;
obligado, al extenderse, a yacer estacionario.
Dormir es resultado del error de que uno debe
hacer lo mejor para uno mismo;
dormir – epítome de lo que es para él, como para la mayoría, el
/fin de la vida.
Demuéstrese en él cómo hizo la dama para capturar
la peligrosa serpiente sureña, colocando
el diente de una horqueta a cada lado
de su cuello inofensivo; no es bueno intentar
despertarlo: su cabeza con forma de ciruela

y sus ojos de caimán no son cómplices de la broma.
Alzado y movido, se lo puede hacer pendular como una anguila
o acomodarlo en el antebrazo como a un ratón;
sus ojos biseccionados por pupilas del grosor de un alfiler,
se exhiben como un parpadeo, vuelven a cubrirse. ¿Puede ser?
/Debería decir podría haber sido;
cuando él ha conseguido lo mejor de un sueño
–como en una lucha contra la naturaleza o con gatos – todos lo
/sabemos.
El sueño profundo no es en él una ilusión permanente.
Saltando con precisión de rana, soltando gritos convulsos
si lo alzan, vuelve a ser él mismo;
quedarse enjaulado entre los travesaños de una silla doméstica
sería infructuoso – humano. ¿Qué tiene de bueno la hipocresía?
Es permisible elegir el propio empleo,
abandonar la madeja de alambre, el budín enrollado,
cuando ya no hay indicios de que son un placer,
para rayar el almacén de al lado con una doble línea de muescas.
Puede hablar, pero con insolencia no dice nada. ¿Y qué?
Cuando se es franco, la sola presencia es un cumplido.
Está claro que aprecia la virtud de la naturalidad,
que es uno de aquéllos que no considera el hecho publicado como
/una rendición.
En cuanto a su invariable disposición a la afrenta,
un animal con zarpas desea tener que usarlas;
esa extensión tipo anguila del tronco en una cola no es un
/accidente.
Para saltar, para estirarse, dividir el aire – para saquear y
/perseguir.
Para decirle a la gallina: vuela sobre la cerca, toma en tu
/perturbación
la dirección equivocada – esto es la vida;
hacer menos sólo sería deshonestidad.

Marianne Moore

Nota: Peter, gato de Miss Magdalen Hueber y Miss Maria Weniger.

El dinosaurio

Cuando despertó, el dinosaurio aún estaba allí.

Augusto Monterroso

12. NIÑOS QUE DUERMEN

Siete pinturas en las que sonríe mi niño

Canta, para dormirse. Inclinada sobre él, su madre lo reprende. Pero él quiere, primero, hacer dormir a su canción.

La flauta de jade

Cuando dormía con mi abuela

Me sentía muy pequeña cuando, en cambio, hubiera tenido que intentar ser grande, grandísima... Pero mi padre no venía, no entraba para abrazarme y, abrazando y mordiendo la almohada, pensaba en mi abuela que no habría permitido todo esto, que me hubiese abrigado, como cuando dormíamos juntas, tanto en verano como en invierno.

Era raro lo que sucedía cuando dormía con mi abuela: nos acurrucábamos abrazadas, y yo, pequeña, metía mis piernas entre las de ella, que eran blandas por la vejez, y ella me abrazaba, y me sostenía en medio de su pecho grande y flojo, de madre. Yo estaba en posición fetal y lo extraño es que al despertar me encontraba en la misma posición, y era aun más extraño porque, durante el sueño, acostumbro girarme sin un momento de pausa.

Pienso que mi abuela se despertaba mucho antes que yo y volvía a colocarme en la misma posición, pero era hermoso imaginar que habíamos dormido así toda la noche. En todo caso era bellísimo que hiciera todo eso para hacérmelo creer.

Siempre pensé que me casaría sólo con un hombre capaz de tenerme de esa manera y durante toda la noche, pero ahora me contentaba con la almohada que, sin embargo, cada mañana encontraba en el suelo o del otro lado de la cama.

Lara Cardella

A una niña muy hermosa que dormía en las faldas de Lisi

Descansa en sueño, ¡oh tierno y dulce pecho!,
seguro (¡ay, cielo!) de mi enojo ardiente,
mostrándote dichoso e inocente,
pues duermes, y no velas, en tal lecho.

Bien has a tu cansancio satisfecho,
si menor sol, en más hermoso Oriente,
en tanto que mi espíritu doliente
de invidia de mirarte está deshecho.

Sueña que gozas del mayor consuelo
que la Fortuna pródiga derrama;
que el precio tocas que enriquece al suelo;

que habitas fénix más gloriosa llama;
que tú eres ángel, que tu cama es cielo,
y nada será sueño en esa cama.

Francisco de Quevedo y Villegas

Todos duermen

Paso entre las dos hileras de camitas. Todos duermen. El orden que reina en el cuarto de los niños es impecable, una geometría. Me detengo en la última cama junto a la puerta. Noemí también duerme. Es la menor. Su sueño me hechiza, me posee, me sorprende... Hay algo que he notado muchas veces: cuando Noemí me habla, cuando la contemplo durante un lapso de tiempo, por ejemplo durante una comida, se va haciendo cada vez más hermosa, hasta un extremo que me transporta... Cuando la miro dormida en cambio, su belleza es un máximo instantáneo, no hay progresión, no tengo tiempo de creer en ella... "La muñeca dormida", pienso. Mil cuentos apasionados me arrastran en un torbellino... En esa corriente, y sólo en ésa, yo podría ir más lejos en la felicidad, hasta dar toda la vuelta y salir por el otro lado... Pero ya estoy en el pasillo otra vez, rumbo a mi cuarto.

César Aira

Iris de la noche

A D. Ramón del
Valle-Inclán

Hacia Madrid, una noche,
Va el tren por el Guadarrama.
En el cielo, el arco iris
Que hacen la luna y el agua.
¡Oh luna de abril, serena,
Que empuja las nubes blancas!

La madre lleva a su niño,
Dormido, sobre la falda.
Duerme el niño y, todavía,
Ve el campo verde que pasa,
Y arbolillos soleados,
Y mariposas doradas.

La madre, ceño sombrío
Entre un ayer y un mañana,
Ve unas ascuas mortecinas
Y una hornilla con arañas.

Hay un trágico viajero,
Que debe ver cosas raras,
Y habla solo y, cuando mira,

No borra con la mirada.

Yo pienso en campos de nieve
Y en pinos de otras montañas.

Y tú, Señor, por quien todos
Vemos y que ves las almas,
Dinos si todos, un día,
Hemos de verte la cara.

Antonio Machado

El guardador de rebaños

El Niño Nuevo habita donde vivo
y una mano me la da a mí
y la otra a todo cuanto existe,

(...)
Se duerme después, y yo lo acuesto.
Lo llevo en brazos hacia dentro de la casa
y lo echo en la cama, y lo desvisto lentamente
como el que cumple un ritual muy limpio,
y del todo materno, hasta que está desnudo.

Duerme dentro de mi alma
pero de noche a veces se despierta
y juega con mis sueños.
Vuelve patas arriba a algunos,
pone a unos encima de los otros,
y a solas palmotea
sonriendo a mi dormir.

Fernando Pessoa

El hipnódromo

Los niños se encargaron de acercar las camas unas contra otras, formando así como un piso sobreelevado, una calzada blanca y acolchada que me di el gusto de recorrer descalzo en todas direcciones. En suma, es más un hipnodromo que un dormitorio en el sentido tradicional de la palabra.

El hipnodromo resultó de maravilla. La grandiosa batahola esperada por los niños tuvo lugar con todo fasto. ¡Fue soberbio! Una enloquecida cabalgata a diestro y siniestro por la gran llanura elástica, formada por pequeñas camas blancas. Lanzamientos de edredones y de almohadas que iban a segar racimos enteros de combatientes que caían aullando de alegría, salvajes persecuciones que terminaban bajo los elásticos, furiosos asaltos contra una blanda fortaleza de colchones apilados, y todo ello en medio de un tufo de invernadero, saturado de calor animal, detrás de los espesos cortinados que cubrían todas las ventanas.

Yo seguía todas las operaciones, acurrucado en un rincón donde había logrado pasar desapercibido. Sabía que los niños habían pasado el día cavando zanjas antitanques y que estaban quemando sus últimas fuerzas. Ya algunos de ellos se quedaban dormidos en el lugar mismo donde se habían agazapado en emboscada. El tono comenzaba a decaer cuando puse fin al aquelarre apagando de golpe las setenta y cinco luces que iluminaban el salón. De pronto, setenta y cinco veladores crearon esa atmósfera azulada y temblorosa de los dormitorios, más anestesiante que la noche. El tumulto se apaciguó rápidamente, pese a algunos fanáticos que proseguían en combates de retaguardia. Fue entonces cuando sentí que mis párpados me pesaban. No había previsto, por cierto, que yo, el nocturno, el insomne, el noctámbulo, sería uno de los primeros en dormirme, acurrucado al borde de una cama, con la espalda apoyada en el rincón de dos paredes, y esa fue tal vez la mejor y la más instructiva sorpresa de la noche. Si habitualmente duermo tan mal, quizás sea porque estoy hecho para acostarme siempre con cuatrocientos niños.

Pero debía haber una parte de mí mismo que pensaba que yo no estaba allí solamente para dormir, pues de pronto me desperté en medio de la noche y –hay que destacarlo– fresco como una lechuga. Esos cuerpos, alfombrando en todas las posiciones la gran llanura lunar, resultaban conmovedoramente extraños.

Había grupos apretados como por el miedo, abrazos fraternales, filas enteras que parecían tumbadas por la misma descarga, pero los más patéticos eran los aislados, los que se habían arrastrado hasta un rincón para morir solos, como animales o, por el contrario, cuyo último aliento había interrumpido un inútil esfuerzo por reunirse con sus compañeros.

Después del alegre tumulto de esa noche, ese espectáculo de masacre me recordó cruelmente cierto aspecto de mi destino, siempre amenazador, llamado inversión maligna. Las advertencias que me hiciera el Kommandeur fueron siempre indirectas y emblemáticas. La lección de esta noche es de aterradora evidencia. Todas las esencias que he descubierto y llevado a la incandescencia pueden mañana, o esta misma noche, *cambiar de signo* y arder en un fuego tanto más infernal cuanto más magníficamente las haya yo exaltado.

Pero la tristeza que me producían esos presentimientos era tan elevada y majestuosa que concordaba fácilmente con la grave alegría que experimentaba al inclinarme sobre mis durmientes. Yo iba de uno a otro, con alas de ternura, pisando apenas el hipnodromo; observaba la actitud particular de cada uno, a veces daba vuelta a un durmiente para ver su rostro, como se da vuelta un guijarro en una playa para descubrir su cara húmeda y secreta. Más lejos, levanté sin separarlos a los dos gemelos abrazados, cuyas cabezas rodaron suavemente, gimiendo, sobre mis hombros. ¡Mis grandes muñecos sudorosos y livianos! ¡No olvidaré la calidad particular de su *peso muerto*! Mis manos, mis brazos, mi cintura, cada uno de mis músculos han aprendido para siempre su gravedad específica, a ninguna otra comparable...

*

E. S. Reflexionando más tarde sobre lo que me ha enseñado esa noche memorable, he verificado que las innumerables posiciones de los niños en su sueño podían reducirse a tres grandes tipos.

Ante todo está la posición *dorsal* que convierte al niño en una pequeña estatua yacente, piadosamente dispuesta, con la cara hacia el cielo, los pies juntos y que, hay que reconocerlo, más hace pensar en la muerte que en el descanso. A esa posición dorsal se opone la posición *lateral*, con las rodillas plegadas sobre el vientre, todo el cuerpo recogido en forma de huevo. Es la posición fetal, la más frecuente de las tres y, como tal, recuerda tiempos anteriores al nacimiento. A la inversa de esas posiciones, una de las cuales reproduce el más allá, y la otra el más acá de la vida, la posición *ventral* es la única totalmente consagrada al presente terrenal. Sólo ella confiere la importancia –primordial ahora– al *fondo* sobre el cual reposa el durmiente. Sobre ese fondo –que es idealmente nuestro suelo telúrico– el durmiente se aplasta para poseerlo e implorarle al mismo tiempo su posesión. Es la posición del amante telúrico que fecunda la tierra con su simiente de carne, y es también la que se les enseña a los jóvenes reclutas para evitar las balas o las esquirlas de los obuses. En el sueño ventral, la cabeza se posa lateralmente, sobre una u otra mejilla, o más bien sobre una u otra oreja, como para auscultar el suelo. Señalemos finalmente en honor de Blättchen que esta posición parece ser la más apropiada para el reposo de los cráneos alargados, y hasta podemos preguntarnos si la costumbre de acostar a los bebés sobre el vientre colocándoles así la cabeza sobre los temporales no contribuye –teniendo en cuenta la maleabilidad de sus huesos craneanos– a producir dolicocéfalos.

*

E. S. Contrariamente a las nalgas de los adultos, paquetes de carne muerta, reservas adiposas, tristes como las gibas del camello, las nalgas de los niños son vivientes, temblorosas, siempre alertas, a veces macilentas y arrugadas y al siguiente instante sonrientes e inocentemente optimistas, expresivas como rostros.

*

E.S. El gusto de la miel que segrega el fondo de sus orejas, tan dorada como la de las abejas, es la quintaesencia de la amargura, que asquearía a cualquier otro que no fuese yo.

Michel Tournier

Palabra en ruina

*

por la noche el niño quiere dormir
con su gatito negro Lolo
con tono firme y alto digo
¡nada de gatos en la cama!
y él baja a poner al gato en su canasta

cuando vuelvo a la habitación a medianoche
allí están los dos niño y gato

durmiendo profundamente
uno contra el otro
me enojaré *después*

*

pasados cuatro días
el niño vuelve por la noche a mi lado
haceme un lugarcito

por angustia de estar solo
de nuevo
no le digo
no

se acurruca mimoso y cálido en la cama grande
lo miro dormir
lo miro perdido perdidamente
fanciullo mio
mi milagro mi dicha mi amor
que sin cesar me recuerda mi deber
de vivir

*

hoy
respirado dormitado
escuchado Bach & Ligeti
leído Dagerman y Serres y Marthe Robert
visto a MH en un sueño
es un nombre que le va tan bien
conversado durante una hora con mi hija mayor
por la noche entré a la habitación de mi hijo
me arrodillé
lo miré
su cara sus ojos cerrados
(el gatito negro
Lolo
entre sus pies)
sus manos juntas
ligeramente blandamente replegadas
tibias casi calientes

dulcemente y muchas veces besé sus manos

(y mañana a la mañana lo regañaré
porque obviamente no se lavó
las manos esta noche
antes de acostarse

le diré:
mi chiquito te amo
mucho mucho mucho
pero sos un chiquito
¡muy muy sucio!)

Lambert Schlechter

Tejados puntiagudos

Fräulein Pfaff subió detrás de las chicas y ordenó silencio cuando se metieron en sus habitaciones. "Oíd todas, niñas –dijo en alemán con el tono claro y monótono que acababa de usar para leer las oraciones–, nadie hablará con su vecina, nadie cuchicheará o armará revuelo, ni se cepillará el pelo esta noche, todas ordenaréis vuestros pensamientos y os dispondréis a descansar en silencio. Obrando así, este calor tan fuerte no nos lastimará a ninguna y llegará el sueño reparador. ¿Oís, niñas?"

De los dormitorios llegaron voces de respuesta. Fue entrando en todas las habitaciones, cambiando biombos de sitio, abriendo las ventanas durante un momento, dejando todas las puertas abiertas.

–Cada una a su rinconcito –dijo en la habitación de Miriam–, agua limpia dispuesta para mañana. El Cielo nos rodea, pequeñas mías; no tengáis miedo.

Ulrica se movía en su rincón suspirando y quejándose suavemente. Emma dejó caer una zapatilla y murmuró en tono consolador. Miriam escuchó agradecida los pasos cortos y reprochadores de Fräulein paseándose de un lado a otro del descansillo. Se hallaba a salvo del terrible desafío de la conversación con sus alumnas. Se sintió cercada en la sofocante habitación, con el descansillo lleno de chicas rodeándola por todas partes. Quería apartar el biombo, levantar el techo blanco y caliente. Deseó poder estar arriba, segura con Mademoiselle y toda la alta de la buhardilla iluminada por las velas sobre su cabeza. No era posible que hiciese más calor allí arriba que en esta sofocante habitación con esos cortinajes y muebles y gas.

Fräulein entró enseguida y apagó la luz con un formal "buenas noches". Después de que todas las luces se hubieran apagado, continuó paseándose durante un rato.

Al otro lado del descansillo alguien empezó a estornudar repetidamente, estornudo tras estornudo. "Ach, die Millie!", refunfuñó Emma soñolienta. Los estornudos siguieron durante varios minutos. Aquí y allá se oyeron suspiros y movimientos de impaciencia. "Ruhig, kinder, ruhig. Millie pronto dormirá tranquilamente, como todas."

Dorothy Richardson

PINACOTECA

1. La tenuidad del mirar dormir

—*Los durmientes*. Sophie Calle. 176 fotografías en blanco y negro de una sesión de dormir en la que participaron 28 personas, realizada entre el 11 y el 19 de abril de 1979, sin cesar, en su cama. Luego expuso las fotografías en paneles acompañados de textos descriptivos de las actitudes de los durmientes. En "Lápiz" Nº 76, Madrid, marzo de 1991.

—*Los ojos cerrados*, 1890. Odilon Redon. Oleo. Museo de Orsay, París. En *La pintura en el Museo de Orsay*, Editions Scala, París, 1991.

—*El sueño*, 1883. Pierre Puvis de Chavannes. Oleo. En *Le symbolisme*, Skira, Ginebra, 1977.

—*Estudio para "El Sueño"*, 1867. Pierre Puvis de Chavannes. Lápiz. En *Le symbolisme*, Skira, Ginebra, 1977.

2. Durmientes cercanos

—*Invierno*, 1992. Juan Lascano. Colección particular.

—*La cama*, hacia 1892. Henri de Toulouse-Lautrec. Oleo. Museo de Orsay, París. En *La pintura en el Museo de Orsay*, Editions Scala, París, 1991.

—*La siesta*, 1889-1890. Vincent Van Gogh. Oleo. Museo de Orsay, París. En *La pintura en el Museo de Orsay*, Editions Scala, París, 1991.

—*En la cama*, 1891. Edouard Vuillard. Oleo. Museo de Orsay, París. En *La pintura en el Museo de Orsay*, Editions Scala, París, 1991.

—*Mujer adormilada en una cama* o *La indolente*, 1899. Pierre Bonnard. Oleo. Museo de Orsay, París. En *La pintura en el Museo de Orsay*, Editions Scala, París, 1991.

—*Trata de blancas* (prostitutas vestidas y dormidas en una sala de espera de madera oscura, mientras la vieja madama vigila), 1895. Joaquín Sorolla y Bastida. Oleo. Museo Sorolla, Madrid. En *J. Sorolla*, de Trinidad Simó, Vicent García editores, Valencia, 1980.

—*Desnudo durmiendo*, 1975. Felipe Castaneda. Onix negro. Colección particular. En *Catálogo Christie's*, Nueva York, 21 y 22 de noviembre de 1989.

3. El durmiente fingidor

—*La niña del zorro (estudio para "La pérdida de la virginidad")*, 1890-91. Paul Gauguin. Tiza. En *Le symbolisme*, Skira, Ginebra, 1977.

—*La pérdida de la virginidad*, 1890-91. Paul Gauguin. Oleo. En *Le symbolisme*, Skira, Ginebra, 1977.

—*El día siguiente*, 1895. Edvard Munch. Punta seca. En *Le symbolisme*, Skira, Ginebra, 1977.

—*La siesta*, hacia 1865. Prilidiano Pueyrredón. Oleo. Colección particular.

—*Madeleine en el dormitorio de Scottie*, 1991-92. David Reed. Fotograma de "Vértigo", de Alfred Hitchcock, Universal Pictures, 1958, con Nº 310. Oleo y resina sobre tela. Colección Max Protetch

Gallery, Nueva York. En *Two bedrooms in San Francisco,* San Francisco Art Institute, 1992.

4. Durmientes lejanos

—*Mujer dormida sobre la nieve,* hacia 1924. Fujita. En *El París de Kiki (Artistas y amantes: 1900-1930),* de Billy Klüver y Julie Martin, Tusquets Editores, Barcelona, 1990.

—*La gitana dormida,* 1897. Henri Rousseau. Museo de Arte Moderno de Nueva York.

—*El descanso del encadenado,* hacia 1871-72. Marià Fortuny. Oleo. Colección particular. En *Fortuny 1838—1874.* Editado por la Sala de Exposiciones de la Fundación Caja de Pensiones, Madrid, 1989.

—*Sara la bañista,* 1883. Henri Fantin-Latour. Litografía. En *Fantin-Latour,* de Michelle Verrier, Flammarion, París, 1978.

—*Desnudo junto a un bote,* 1978. Armando Morales. Oleo. Colección particular.

—*Garret room* (negro duerme vestido en habitación pobre), 1962. Andrew Wyeth. Punta seca. Colección particular. En *Two Worlds of Andrew Wyeth. A conversation with A. W.,* de Thomas Hoving, Houghton Mifflin Company, Boston, 1978.

5. Los dormidos entre lilas

—*El sueño* (torso de persona dormida, primer plano de cara y brazos sobre colcha lila), 1935. Henri Matisse. Oleo sobre tela. Colección particular. En "Los genios de la pintura" Nº 6, Sarpe, Madrid, 1979.

—*Desnudo azul,* 1985. Joy Laville. Acrílico sobre tela. Harcourt Gallery, San Francisco. En *Catálogo Christie´s,* Nueva York, 17 de marzo de 1989.

6. Glotones de dormición

—*El cuarto, Tarzana*, 1967. Acrílico. Colección Rory McEwen. *Dos muchachos de 23 y 24 años.* Aguafuerte. *Peter en su cama*, 1966. Tinta. Colección Príncipe Amyn Aga Khan. *Mo dormido*, 1971. Aguafuerte. Setenta y cinco copias. *Mark, en el Hotel St.Francis, San Francisco*, 1971. Tinta. Colección Mrs. Kingsmill. *Larry S, Fire Island*, 1975. Lápiz. Colección particular, Alemania. *Gregory dormido, Sunday Inn, Houston*, 1976. Tinta. Colección del artista. *Gregory* en su cama, Hollywood, 1976. Tinta. Colección del artista. David Hockney. En *David Hockney por David Hockney*, Thames & Hudson, Londres, 1976.

—*Reposo en Maremma* (campesinos recostados al aire libre junto a un carro), 1873-77. Giovanni Fattori. Oleo. Colección particular. En "Los genios de la pintura" Nº 21, Sarpe, Madrid, 1979.

—*La siesta* (mujeres durmiendo en el campo), 1912. Joaquín Sorolla y Bastida. Oleo. Museo Sorolla, Madrid. En *J. Sorolla*, de Trinidad Simó, Vicent García Editores, Valencia, 1980.

—*Sueño* (dos mujeres dormidas entrelazadas), 1866. Gustave Courbet. Petit Palais, París. En *La sexualidad en el arte occidental*, de Edward Lucie-Smith. Ediciones Destino, Barcelona, 1992.

7. Dormires divinos y violaciones mitológicas

—*La Dormición de la Virgen*, hacia 1320. Anónimo. Iglesia Gracanica. En *La Peinture Byzantine*, Skira, Ginebra, 1953.

—*Raksh mata a un león mientras Rustam duerme*, Siglo XV, British Museum. En *Persian Miniature Painting*, de Norah M. Titley, University of Texas Press, Austin, 1984.

—*Tarquino y Lucrecia*, hacia 1595. Pintor desconocido del taller de Tintoretto y Jacobo Palma el joven. Museo del Hermitage, San Petersburgo.

—*Diana y Endimión*, hacia 1723. Giovanni Battista Pittoni. Museo del Hermitage, San Petersburgo.

—*El sueño de Santa Ursula*, hacia 1495. Vittore Carpaccio. Oleo. En Forma y color Nº 28, dedicado a la leyenda de Santa Ursula, Albaicín-Sadea editores, Florencia, 1967.

—*El sueño de la odalisca*, hacia 1860. Marià Fortuny. Oleo. Colección particular. En "Fortuny 1838-1874". Editado por la Sala de Exposiciones de la Fundación Caja de Pensiones, Madrid, 1989.

—*Venus durmiendo*. Giorgione. Oleo. Gemäldegalerie, Dresde. En *L'opera completa di Giorgione*, Rizzoli, Milán, 1978.

—*Venus y Marte*, 1483. Sandro Botticelli. Temple sobre tabla. National Gallery, Londres. En "Los genios de la pintura" Nº 11, Sarpe, Madrid, 1979.

—*El sueño de Ossian*, hacia 1813. Jean-Auguste-Dominique Ingres. Oleo. Museo Ingres, Montauban. En "Los genios de la pintura" Nº 13, Sarpe, Madrid, 1979.

—*El sueño de Constantino* (guerreros y paje velan su sueño), 1455. Piero Della Francesca. Fresco. Iglesia de San Francisco, Arezzo. En "Los genios de la pintura" Nº 8, Sarpe, Madrid, 1979.

—*El sueño de Jacob* (Jacob dormido al aire libre), 1639. Ribera. Oleo. Museo del Prado, Madrid. En "Los genios de la pintura" Nº 23, Sarpe, Madrid, 1979.

—*Escena mitológica* (doncella dormida, un sátiro le acaricia la cabeza, la mira un perro), hacia 1511. Piero di Cósimo. National Gallery, Londres. En *El mundo de los museos*, Códex, Madrid, 1967.

—*Angélica y el ermitaño* (viejo mirando a Angélica, gordita, dormida), hacia 1621. Peter-Paul Rubens. Gemäldegalerie des Kunsthistorischen Museums, Viena. En *El mundo de los museos*, Códex, Madrid, 1967.

—*El sueño de Antíope* (Antíope duerme con un angelito y la mira un fauno), hacia 1530. Correggio. Museo del Louvre, París. En *El mundo de los museos*, Códex, Madrid, 1967.

—*Creación de Eva* (Adán duerme), hacia 1560. Paolo Veronese. Art Institute, Chicago. En *El mundo de los museos*, Códex, Madrid, 1967.

—*Minotauro observando a una muchacha dormida*, 1933. Pablo Picasso. En *La sexualidad en el arte occidental*, de Edward Lucie-Smith, Ediciones Destino, Barcelona, 1992.

—*Sátiro dormido montado a horcajadas por una figura femenina alada*. Mármol helenístico. Museum of Fine Arts, Boston. Misma fuente.

—*Sátiro destapando a un hermafrodita dormido*. Camafeo romano. British Museum, Londres. Misma fuente.

—*Mujer dormida y las Furias*, 1821. Johann Heinrich Füssli. Kunsthaus, Zurich. Misma fuente.

—*Venus*, hacia 1498. Giorgione. Gemäldegalerie, Dresde. En "Report and Studies in the History of Art" 1967, National Gallery of Art, Washington, 1970.

8. Sonámbulos, vigías y explicadores

—*La diosa del aire* (mujer dormida en brazos de hombre despierto), 1914. Oskar Kokoschka. Öffentliche Kunstsammlung, Basilea. En *El mundo de los museos*, Códex, Madrid, 1967.

9. Metamorfosis de las Bellas Durmientes

—*Ilustración del poema Goblin Market, de Christina Georgina Rossetti* (muchachita dormida y duendes), 1975. Brian Froud y Alan Lee. En *Faeries*, Peacock Press-Bantam Books, Nueva York, Toronto, Londres, 1978.

—*El sueño de la mujer del pescador* (un gigantesco pulpo practica cunnilingus a una mujer dormida), hacia 1820. Hokusai. British Museum, Londres.

—*La sustancia de que están hechos los sueños* (hada dormida con atuendo lujoso, rodeada de las visiones del sueño). J. A. Fitzgerald. En *Diccionario de las hadas*, de K. Briggs.

10. Durmientes en duermevela

—*Ilustración para Rip Van Winkle de Washington Irving* (Shon ap Shenkin dormido y un viejo), 1972. Lápiz. Brian Froud y Alan Lee. En *Faeries*, Peacock Press-Bantam Books, Nueva York, Toronto, Londres, 1978.

11. Animales que duermen

—*Conejito dormido*, 1944. Lucien Freud. Lápiz. En *Lucien Freud*, de Lawrence Gowing. Thames & Hudson, Nueva York, 1988.

—*Estudios de gato*, hacia 1765. Thomas Gainsborough. Tiza. Rijksmuseum, Amsterdam. En *A Treasury of Great Masters Drawings*, de Colin Eisler, Phaidon Press Limited, Londres, 1975.

—*Estudios de un ratón de campo*. Jacob de Gheyn II. Lápiz y tinta. Rijksprentenkabinet, Amsterdam. En *A Treasury of Great Masters Drawings*, de Colin Eisler, Phaidon Press Limited, Londres, 1975.

—*House sparrows and Bittersweet* (gorrión inglés dormido en una rama, bajo copos de nieve; hay otro despierto y otro escondido), 1987. Robert Bateman. Acrílico. En *Robert Bateman, An Artist in Nature*, de Rick Archbold, Random House-Madison Press, Toronto, 1990.

—*Dozing linx* (lince dormido en la nieve), 1987. Robert Bateman. Acrílico. En *Robert Bateman, An Artist in Nature*, de Rick Archbold, Random House-Madison Press, Toronto, 1990.

—*Dos gatos*. (uno duerme y el otro no), 1912. Franz Marc. Öffentliche Kunstsammlung, Basilea. En *El mundo de los museos*, Códex, Madrid, 1967.

—*Estudios para Groundhog Day* (perro pastor alemán dormido en el interior de una cocina), 1959. Andrew Wyeth. Témpera. En *Two Worlds of Andrew Wyeth. A conversation with A.W.*, de Thomas Hoving, Houghton Mifflin Company, Boston, 1978.

—*Miss Olson* (mujer mayor dormida en silla con gatito en el regazo, también dormido), 1952. Andrew Wyeth. Témpera. Colección Mr. y Mrs. John D. Rockefeller III. En *Two Worlds of Andrew Wyeth. A conversation with A.W.*, de Thomas Hoving, Houghton Mifflin Company, Boston, 1978.

—*Estudio de león dormido I y II.* Peter-Paul Rubens. Schaeffer Galleries, Nueva York y Colección particular. En "Report and Studies in the History of Art" 1969, National Gallery of Art, Washington, 1970.

12. Niños que duermen

—*Madre* (madre y bebé durmiendo en cama blanca), 1895. Joaquín Sorolla y Bastida. Oleo. Museo Sorolla, Madrid. En *Joaquín Sorolla*, de Trinidad Simó, Vicent García Editores, Valencia, 1980.

—*Joaquín durmiendo* (niñito dormido plácidamente), 1895. Joaquín Sorolla y Bastida. Oleo. Museo Sorolla, Madrid. En *Joaquín Sorolla*, de Trinidad Simó, Vicent García Editores, Valencia, 1980.

—*Les enfants endormis* (dos niños dormidos abrazados en una camita y un gatito despierto abajo), 1971. Graciela Rodo Boulanger. Oleo. Elaine Horwitch Gallery, Scottsdale. En *Catálogo Sotheby's*, Nueva York, 2 y 3 de mayo de 1990.

—*El sombrerito del bebé* (un vendedor se lo ofrece a la familia mientras el bebé duerme en su cunita),1899. Luis García Sampedro. Oleo. En *Catálogo Sotheby's*, Londres, 22 de noviembre de 1989.

INDICE DE FUENTES

Aira, César: *El llanto*. Beatriz Viterbo Editora, Rosario, 1992.

Aleixandre, Vicente: *Espadas como labios*. Editorial Losada, Buenos Aires, 1957.

Amaru: *Cien poemas de amor*. Barral-Corregidor, Barcelona, 1971. Traducción de Fernando Tola.

Anónimo: "Hermafrodita", en *Cuentos Lésbicos*. Icaria-totum revolutum, Barcelona, 1982.

—: *La flauta de jade*. Editorial Guillermo Kraft, Buenos Aires, 1951. Traducción de Angel J. Battistessa, según la traducción al francés de Franz Toussaint.

—: *Cuentos del Fukuyuso, 1778*. En *Makura (poemas, narraciones y proverbios eróticos japoneses)*. Editorial Premiá, Puebla, 1991. Traducción de Carlos Daniel Magaña Gracida.

Apollinaire, Guillaume: *Las hazañas de un joven Don Juan*. Calamus Scriptorius, Barcelona, 1978. Traducción de Ramón Alonso.

Bachelard, Gastón: *El derecho de soñar*. Fondo de Cultura Económica, México, 1985. Traducción de Jorge Ferreiro Santana.

Bachmann, Ingeborg: *A los treinta años*. Seix Barral, Barcelona, 1963. Traducción de Margarita Fontseré.

Baqui Ben de Córdoba: *Poemas arábigo-andaluces*. Espasa Calpe, Madrid, 1959. Traducción de Emilio García Gómez.

Barnes, Djuna: *El bosque de la noche*. Monte Avila Editores, Caracas, 1969. Traducción de Enrique Pezzoni.

Barthes, Roland: *Fragmentos de un discurso amoroso*. Siglo Veintiuno Editores, México, 1977. Traducción de Eduardo Molina.

Becerra, José Carlos: *El otoño recorre las islas* (Obra poética, 1961-1970). Ediciones Era, México, 1973.

Bécquer, Gustavo Adolfo: *Rimas*. Editorial Kapelusz, Buenos Aires, 1969.

Bellessi, Diana: *Eroica.* Ediciones Ultimo Reino-Libros de Tierra Firme, Buenos Aires, 1988.
Belloc, Bárbara: *Sentimental Journey.* La Rara Argentina, Buenos Aires, 1995.
Béroul y Thomas: *Tristán e Isolda.* Consejo Nacional para la Cultura y las Artes, México, 1990. Traducción de Luis Zapata.
Biblia de Jerusalén: "Sansón traicionado por Dalila". *Jueces* 16.23.
Blanchot, Maurice: *El espacio literario.* Editorial Paidós, Buenos Aires, 1969. Traducción de Vicky Palant y Jorge Jinkis.
Bonnefoy, Yves: *Du mouvement et de l'immobilité de Douve.* Gallimard, París, 1970. *Poemas.* Editorial Carmina, Buenos Aires, 1967. Traducción de Ivonne Bordelois y Alejandra Pizarnik.
—: *Pierre écrite.* Mercure de France, París, 1965. Traducción de Arturo Carrera.
Buson: en *Tres Maestros del Haiku.* Torres Agüero Editor, Buenos Aires, 1976. Traducción de Osvaldo Svanascini.
Capote, Truman: *Los perros ladran.* Emecé, Buenos Aires, 1975. Traducción de Rolando Costa Picazo.
Cardella, Lara: *Quería los pantalones.* Grijalbo, México, 1991. Traducción de Juana Bignozzi.
Carrera, Arturo: *La banda oscura de Alejandro.* Bajo la luna nueva, Buenos Aires, 1994.
Carrington, Leonora: *El séptimo caballo.* Ediciones Siruela, Madrid, 1992. Traducción de Francisco Torres Olivier.
Celan, Paul: en *Poesía alemana de hoy. 1945-1966.* Sudamericana, Buenos Aires, 1967. Traducción de Rodolfo Alonso y Klaus Dieter Vervuert.
Cernuda, Luis: *Poemas para un cuerpo.* Pequeña Venecia, Caracas, 1991.
Cocteau, Jean: *Plain-Chant.* Editions Stock, París, 1959. Traducción de Eduardo Paz Leston
—: *Opio.* Editorial Bruguera, Barcelona, 1981. Traducción de Mauricio Wacqez Arrellano.
Cohen, Leonard: *La caja de especias de la tierra.* Visor, Madrid, 1979. Traducción de Alberto Manzano.
Creeley, Robert: *The World,* en *Words.* Traducción de Mirta Rosenberg.
Cruz, San Juan de la: "La noche oscura del alma", en *Antología de poetas líricos castellanos*". W. M. Jackson Editores, Buenos Aires, 1956.

Cruz, Sor Juana Inés de la: *Obras Completas*. Editorial Porrúa, México, 1972.
Diego, Gerardo. *Antología poética,* Espasa Calpe, Madrid, 1974.
Dickinson, Emily: en *Poesía norteamericana*. Centro Editor de América Latina, Buenos Aires, 1990. Traducción de Mirta Rosenberg.
Di Giorgio, Marosa. *Los papeles salvajes*. Arca, Montevideo, 1989.
Duras, Marguerite: *El amante*. Tusquets editores, Barcelona, 1985. Traducción de Ana María Moix.
Duras, Marguerite: *Días enteros en las ramas*. Seix-Barral, Barcelona, 1970. Traducción de Juan Petit.
Durrell, Gerald: *Animales en general*. Alianza Cien, Madrid, 1994. Traducción de Fernando Santos Fontenla.
Enzensberger, Hans Magnus: *Poesías para los que no leen poesías*. Barral Editores, Barcelona, 1972. Traducción de Heberto Padilla.
Fernández, Macedonio: *Adriana Buenos Aires (Ultima novela mala)*. Ediciones Corregidor, Buenos Aires, 1974.
Francia, María de: *Los lais*. Ediciones Siruela, Madrid, 1987. Traducción de Luis A. de Cuenca.
García Lorca, Federico: *Poesías completas*. Editores Mexicanos Unidos, México, 1981.
García Márquez, Gabriel: *Doce cuentos peregrinos*. Editorial Sudamericana, Buenos Aires, 1992.
Gelman, Juan: *Interrupciones II*. Libros de Tierra Firme, Buenos Aires, 1986.
Genet, Jean: *Pompas fúnebres*. Ediciones Corregidor, Buenos Aires, 1975. Traducción de Juana Bignozzi.
Góngora y Argote, Luis de: "Fábula de Polifemo y Galatea", en *Antología*. Espasa Calpe, Madrid, 1966.
Güiraldes, Ricardo: *Don Segundo Sombra*. Editorial Ricardo Güiraldes, Buenos Aires, 1977.
Grimm, Jakob y Wilhelm: *Pulgarcito y otros cuentos*. Centro Editor de América Latina, Biblioteca Básica Universal, Buenos Aires, 1981. Traducción de Miguel Haslam.
Hearn, Lafcadio: *Kokoro. Ecos y nociones de la vida interior japonesa*. Ediciones Miraguano, Madrid, 1986. Traducción de José Kozer.
Heráclito: *Fragmentos*. Antequera Ediciones, Rosario, 1958. Traducción de Holofernes Fresco.
Holan, Vladimir: *Avanzando*. Editora Nacional, Libros de Poesía, Madrid, 1982. Traducción de Clara Janés.

Jiménez, Juan Ramón: *Antolojía poética*. Cátedra, Madrid, 1980. Edición de Vicente Gaos.
Joyce, James: *Los muertos*. Alianza Cien, Madrid, 1994. Traducción de María Isabel Butler de Foley.
Kavafis, Konstantin: *Poesías completas*. Ediciones Peralta, Madrid, 1978. Traducción de José María Alvarez.
Kawabata, Yasunari: *La casa de las bellas durmientes*. Hyspamérica Ediciones, Buenos Aires, 1983. Traducción de Pilar Giralt.
Keats, John: "Odas", en *Poetas líricos ingleses*. W. M. Jackson Editores, Buenos Aires, 1956. Traducción de Ricardo Baeza.
Krolow, Karl: en *Poesía alemana de hoy. 1945-1966*. Sudamericana, Buenos Aires, 1967. Traducción de Rodolfo Alonso y Klaus Dieter Vervuert.
Kulufakus, Kostas: "El alma del verano", en *Poetas griegos del siglo XX*. Monte Avila Editores, Caracas, 1981.Traducción de Miguel Castillo Didier.
Lessing, Doris: *Memorias de una sobreviviente*. Emecé, Buenos Aires, 1974. Traducción de Lucrecia Moreno de Sáenz.
Lezama Lima, José: *Paradiso*. Ediciones de la Flor, Buenos Aires, 1968.
Li Yu: *La alfombrilla de los goces y los rezos*. Tusquets Editores, Barcelona, 1992. Traducción de Iris Menéndez.
Louÿs, Pierre: *Canciones de Bilitis*. Clásicos Bergua, Madrid, 1963. Traducción de Juan Bergua.
Machado, Antonio: *Nuevas canciones, 1917-1930*, en *Antología de poetas líricos castellanos*. W. M. Jackson Editores, Buenos Aires, 1956.
Maeterlinck, Mauricio: *La vida de las abejas*. Espasa-Calpe, Madrid, 1967. Traducción de Pedro de Tornamira.
—: *La vida de las hormigas*. Editorial Tor, Buenos Aires, 1940. Traducción de Enrique Cuevas.
Magrelli, Valerio: *Ora Serrata Retinae*. Visor, Madrid, 1990. Traducción de Carmen Romero. *Diario de Poesía* Nº 42, invierno de 1997. Entrevista de Guillermo Piro y D. G. Helder.
Malmqvist, Ulf: *La pandilla de Malmö (Poesía joven de Suecia)*. Aura Latina, Malmö, 1990. Traducción de Omar Pérez Santiago.
Mallarmé, Stéphane: *Poesía*. Ediciones Librerías Fausto, Buenos Aires, 1975. Traducción de Federico Gorbea.
McCullers, Carson: *Reflections in a golden eye*. Hutchinson, Londres, 1986. Traducción de Mirta Rosenberg.

Melville, Herman: *Moby Dick o La Ballena Blanca.* Editorial Sudamericana, Buenos Aires, 1970. Traducción de Enrique Pezzoni.

Modysson, Lukas: *La pandilla de Malmö (Poesía joven de Suecia).* Aura Latina, Malmö, 1990. Traducción de Omar Pérez Santiago.

Molloy, Sylvia: *En breve cárcel.* Seix Barral, Barcelona, 1981.

Monterroso, Augusto: *El eclipse y otros cuentos.* Alianza Cien, Madrid, 1995.

Moore, Marianne: *Collected Poems.* The Macmillan Company, Nueva York, 1959. Traducción de Mirta Rosenberg. Tomado de "Dossier Marianne Moore", en *Diario de Poesía* Nº 27, invierno de 1993.

Mujica Lainez, Manuel: *Sergio.* Sudamericana, Buenos Aires, 1976.

—: *El viaje de los siete demonios.* Planeta Biblioteca del Sur, Buenos Aires, 1991.

Nabokov, Vladimir: *Lolita.* Editorial Anagrama, Barcelona, 1991. Traducción de Enrique Tejedor.

Nin, Anaïs: *La seducción del Minotauro.* Grijalbo, Barcelona, 1981. Traducción de Francesc Parcerisas.

Ocampo, Silvina: *La continuación y otras páginas.* Centro Editor de América Latina, Buenos Aires, 1981.

Onetti, Juan Carlos: *La vida breve.* Edhasa/Sudamericana, Barcelona, 1980.

Ortiz, Juan L.: *Obra Completa.* Centro de Publicaciones de la Universidad Nacional del Litoral, Santa Fe, 1986.

Parra, Teresa de la: *Ifigenia.* Monte Avila Editores, Caracas, 1977.

Pasolini, Pier Paolo: *Teorema.* Editorial Sudamericana, Buenos Aires, 1970. Traducción de Enrique Pezzoni.

Pavese, Cesare: *Trabajar cansa / Vendrá la muerte y tendrá tus ojos.* Lautaro, Buenos Aires, 1961. Traducción de Rodolfo Alonso.

Paz, Octavio: *Arbol adentro.* Seix Barral-Biblioteca Breve, Barcelona, 1987.

Perec, Georges: *Un hombre que duerme.* Editorial Anagrama, Barcelona, 1990. Traducción de Eugenia Russek-Gérardin.

Peri Rossi, Cristina: *El museo de los esfuerzos inútiles.* Seix Barral, Barcelona, 1983.

Penna, Sandro: *Poemas.* En la revista *18 whiskys* Nº 1-2, Buenos Aires, 1990. Traducción de Arturo Carrera.

Pessoa, Fernando: *Poesía.* Alianza Tres, Madrid, 1983. Traducción de José Antonio Llardent.

Petronio: *El satiricón*, en "Homosexuario". Editorial Merlín, Buenos Aires, 1969.

Pizarnik, Alejandra: *Los trabajos y las noches*. Editorial Sudamericana, Buenos Aires, 1975.

Plath, Sylvia: en *Poesía norteamericana*. Centro Editor de América Latina, Buenos Aires, 1990. Traducción de María Julia de Ruschi Crespo.

—: *Collected Poems*. Faber and Faber, Londres, 1990. Traducción de Delfina Muschietti y Ariel Schettini.

Poe, Edgar Allan: *Poesía norteamericana*. Centro Editor de América Latina, Buenos Aires, 1990. Traducción de Miguel Haslam.

Poliduri, María: *Sotiría*, en *Poetas griegos del siglo XX*. Monte Avila Editores, Caracas, 1981. Traducción de Miguel Castillo Didier.

Proust, Marcel: *La prisionera*, en *En busca del tiempo perdido*. Alianza Editorial, Madrid, 1988. Traducción de Consuelo Berges.

Purdy, James: *Poemas*. En revista *18 whiskys* Nº 1-2, Buenos Aires, 1990. Traducción de Teresa Arijón y Alejandro Ricagno.

Pushkin, Alexander: *Eugenio Onieguin*. Corregidor, Buenos Aires, 1977. Traducción: Nina y Anatole Saderman.

Quevedo y Villegas, Francisco de: *Poesía original completa*. Planeta, Barcelona, 1981.

Ramana Maharshi: *Pláticas con Sri Ramana Maharshi*. Editorial Kier, Buenos Aires, 1992.

Read, Herbert: *Poesía inglesa contemporánea*. Ediciones Librerías Fausto, Buenos Aires, 1974. Traducción de E. L. Revol.

Richardson, Dorothy: *Tejados puntiagudos (Peregrinaje 1)*. Editorial Fundamentos, Madrid, 1982. Traducción de Montserrat Millán.

Rimbaud, Arthur: *Una temporada en el infierno*. Biblioteca Básica Universal, Buenos Aires, 1969. Traducción de Raúl Gustavo Aguirre.

Roethke, Theodore: *Poemas*. Editorial Fraterna, Buenos Aires, 1979. Traducción de Alberto Girri.

—: *¡Alabad hasta el fin!*. Universidad Autónoma Metropolitana, México, 1988. Traducción de Jorge Ayala Blanco.

Saba, Umberto: *Antologia del "Canzoniere"*. Einaudi, Turín, 1987. Traducción de Arturo Carrera.

Sachs, Nelly: *Poesía alemana de hoy. 1945-1966*. Sudamericana, Buenos Aires, 1967. Traducción de Rodolfo Alonso y Klaus Dieter Vervuert.

Safo: *Líricos griegos arcaicos*. Juan Ferraté, Seix Barral, Barcelona, 1968.
Salomón: *Cantar de Cantares*. Rodolfo Alonso Editor, Buenos Aires, 1970. Traducción de Fray Luis de León.
Sarduy, Severo: *Cobra*. Editorial Sudamericana, Buenos Aires, 1972.
—: *Colibrí*. Argos Vergara, Barcelona, 1984
Schlechter, Lambert: *Ruine de Parole*. Editions Phi, Ecrits des Forges, L'arbre à paroles, Luxemburgo, 1993. Traducción de Arturo Carrera y Teresa Arijón.
Schwob, Marcel: *El libro de Monelle*. Editorial Argonauta, Colección El Caracol, Buenos Aires, 1945. Traducción de Teba Bronstein.
Shakespeare, William: *Obras completas*. Editorial Aguilar, Madrid, 1968.
Shen Yueh: *New Songs from a Jade Terrace. An anthology of Early Chinese Love Poetry*. Penguin Classics, Middlesex, 1986. Traducción de Mirta Rosenberg.
Smith, Patti: *The coral sea*. W.W. Norton & Company, Nueva York-Londres, 1996. Traducción de Teresa Arijón y Bárbara Belloc.
Stein, Gertrude: *Ser norteamericanos*. Editorial Bruguera, Barcelona, 1984. Traducción de Mariano Antolín-Rato.
Stevens, Wallace: *Poesía norteamericana*. Centro Editor de América Latina, Buenos Aires, 1990. Traducción de Alberto Girri.
Strunge, Michael: *La Pandilla de Malmö (Poesía joven de Suecia)*. Aura Latina, Malmö, 1990. Presentación y traducción de Omar Pérez Santiago.
Suhayd Ben de Córdoba: *Poemas arábigo-andaluces*. Espasa Calpe, Madrid, 1959. Traducción de Emilio García Gómez.
Swedenborg, Inmanuel: *Antología*. Editora Nacional, Madrid, 1977. Edición preparada por Jesús Imirizaldu.
Tagore, Rabindranath: *Chitra*. Fuente imprecisa. Traducción de Zenobia Camprubí de Jiménez.
Tolstoi, León: *La muerte de Iván Ilich y otras narraciones*. Ediciones Librerías Fausto, Buenos Aires, 1977. Traducción de Galina Tolmacheva.
Tournier, Michel: *El Rey de los Alisos*. Editorial Sudamericana, Buenos Aires, 1979. Traducción de Amanda Forns de Gioia.
Trakl, Georg: *Poemas*. Ediciones Corregidor, Buenos Aires, 1972. Traducción de Aldo Pellegrini.
Tranströmer, Tomas: *Para vivos y muertos*. Hiperión, Madrid, 1992. Traducción de Roberto Mascaró.

Troyes, Chrétien de: *El caballero del león.* Ediciones Siruela, Madrid, 1984. Traducción de Marie-José Lemarchand.

Tsvietaieva, Marina: *El poeta y el tiempo.* Editorial Anagrama, Barcelona, 1990. Edición y traducción de Selma Ancira.

Valdés Díaz Vélez, Jorge: *Aguas territoriales.* Universidad Autónoma Metropolitana, Dirección de Difusión Cultural, Colección Molinos de viento, México, 1989.

Vallejo, César: *Obra poética.* Colección Archivos (UNESCO), México, 1989.

Vega, Garcilaso de la: *Obras.* Espasa Calpe Argentina, Buenos Aires, 1944.

Verlaine, Paul: citado en *Julio Cortázar... un agujero donde soplaba el tiempo,* Fundación Banco Mercantil Argentino, Buenos Aires, 1994.

Welty, Eudora: *A curtain of green.* Penguin Books, Liverpool, 1947. Traducción de Mirta Rosenberg.

Williams, William Carlos: *Poesía norteamericana.* Centro Editor de América Latina, Buenos Aires, 1990. Traducción de Jorge Santiago Perednik.

Wittig, Monique y Zeig, Sande: *Borrador para un diccionario de las amantes.* Lumen, Barcelona, 1981. Traducción de Cristina Peri Rossi.

Wolf, Christa: *Casandra.* Alfaguara, Madrid, 1986. Traducción de Miguel Sáenz.

Yllera, Alicia: *Tristán e Iseo.* Alianza Editorial, Madrid, 1988.

Yoshimoto, Banana: *Kitchen.* Tusquets Editores, Barcelona, 1991. Traducción de Junichi Matsuura y Lourdes Porta.

Yourcenar, Marguerite: *Fuegos.* Alfaguara, Madrid, 1990. Traducción de Emma Calatayud.